あした、裸足でこい。3

瞬きで銀河が弾ける。
零れる汗が星になる。
ステージで——彼女は
無邪気に音と戯れていた。

岬　鷺

Misaki Saginomiya

illustration§ Hite

CHARACTERS
Tomorrow, when spring comes.
坂本巡（さかもとめぐり）
六曜春樹（ろくようはるき）
五十嵐萌寧（いがらしもね）
二斗千華（にとちか）
芥川真琴（あくたがわまこと）

「――次元の違いを、見せてあげる」

「俺は――先輩みたいにできないんだから!」

「いい加減……お前の人生に関わらせろ！」

理解し合えないかもしれない、
傷つけ合うかもしれない。
結局は他人事なんだろう。
俺だって、
内心巡を別世界の人間だと思っている。
それでも――、

プロローグ | prologue

【夏の絵日記】

8月21日　火曜日

今日、ついに50メートル走で8秒を切った！
これで竹下をぬいて、おれがクラスでナンバーーだ！
竹下は天才だからぜったい勝てないとみんな言ってたけど、
そんなのうそだった。
やっぱり、がんばればなんとかなる。
運動も勉強も同じだ。
全力でがんばれば勝てない相手なんて、

本当はいないんだと思う。
大事なのは、自分がどうするかだ。
うまくいかないなら、何回も練習をすればいい。
勝てないなら勝てるまで、勝負をもうしこめばいい。
あきらめなければ夢はかなうし、
とちゅうでやめるのはただの言いわけだ。
だからきっと、おれは何にでもなれる！
なりたいおれに、ぜったいなろうと思う！

第一話 chapter1

【平凡】

「――今年の碧天祭、副実行委員長になりました。二斗千華です！」

全校生徒の集まった体育館。

壇上で、二斗がマイクを通じて軽やかに言う。

「一年生でこんな大役をやることにドキドキしています！　実は中学生の頃、お客さんとして碧天祭に来たことがあって……ずっと憧れだったんです。わたしなりに精一杯頑張りますので、良い思い出を作りましょう！　よろしくお願いします！」

彼女が頭を下げ、生徒たちから拍手が上がった。

そこにこもった熱量と、確かな期待――。

二斗は校内でも有名人だ。

廊下を歩けば視線が集まるし、彼女の歌う動画は校内でも回し見されている。

そんな二斗が文化祭で副実行委員長を務めることに、皆早くも興味を惹かれているらしい。

「……ほんと人気者だなあ、あいつ」

釣られて手を叩きながら、俺はなんだか苦笑してしまった。

「まあ順調だからなあ。音楽も、高校生活も全部……」

――九月下旬。

夏休みが終わり残暑も影を潜め、朝夕には秋の気配を感じるようになり始めた頃だった。

体育館に集まった生徒たちも、大半が半袖シャツではなく長袖を身に纏っている。

空気は蒸し暑いけれど、ときおり開けられた窓から爽やかな風が吹き込んで心地いい。

一度目の高校生活を終え、時間移動をして体感で半年が経っていた。

思い返せば、ここまで色々ありましたね……。

天文同好会の設立と存続のためのあれこれ。

二斗に「好きだよ」と言われたことや「わたしも高校生活をループしている」という告白。

ｍｉｎａｓｅさんとの出会いや二斗初めてのＰＶ公開、五十嵐さんとの夢探しなど。一度目にはなかったイベントが目白押しで、俺は必死で駆けずり回る毎日だった。

頑張った甲斐あってか、今のところ二度目の高校生活はすこぶる順調。

二斗と俺は恋人同士のままだし、五十嵐さんと二斗も親友同士のまま。

天文同好会の活動も、定期的に天体観測や動画制作をしながら順調に続いている。

そして今日。一学期を終えて夏休みを挟み、二学期が始まり。

朝の全校集会で、十一月に控えた文化祭──碧天祭のスタッフ紹介を眺めているのだった。

「では、二斗千華さんありがとうございました」

進行の先生のその声で、二斗が軽やかにはけていく。

「まだ一年生なんでね、皆さん協力してあげてください。続いて──」

「……そういやそうだったなあ」

ふと一度目の高校生活を思い出し、俺はもう一度こぼした。

「二斗が副実行委員長で、めちゃくちゃ大活躍してたなあ……」

体感では三年ほど前。そのときのことは、ぼんやりとだけど覚えている。

当時、俺と二斗は付き合い始めたもののあからさまに上手くいっていなかった。

どんどん成績を落としていく俺と、ミュージシャンとして成功していく二斗。

俺は勝手に卑屈になって、彼女相手に徐々に距離を作るようになっていった。

さらに、ちょうどこの文化祭の直後くらいに、二斗のメジャーデビューが決定。

それを契機に二斗は部室に来なくなり、俺たちの関係は自然消滅しちゃったのだった……。

……あー辛かったっすねー。

あの頃のこと、そんなに細かくは覚えてないけど、辛かったことだけは覚えてるわ。

まだ真琴も入学してなかったし、完全にひとりぼっちになった気分だった。

そして、思い出したことがもう一つ。

「――おはようございます」

凛々しい男子の声が、壇上から体育館に響いた。

見れば――高い身長と短めでお洒落な髪。精悍な顔つきと引き締まった身体。

離れていてもはっきりわかる『ハイカースト』のオーラ。

「――今年の碧天祭実行委員長、六曜春樹です」

そこにいるのは――この学校の陽キャ界隈のリーダー格。

そして、俺の設立した天文同好会の一員でもある、六曜先輩だった。

「俺が今回の責任者として、碧天祭を運営します。よろしく」

「だよな。そうだったよなあ」

堂々と壇上に立つ彼を眺めながら、俺は一人うんうんうなずいた。

「文化祭、六曜先輩と二斗が主導してたよなあ……」

一度目の高校生活でも、そうだった。

立候補によって募られた、文化祭実行委員たち。

さらにその中で選挙が行われて、六曜先輩が実行委員長に、二斗が副実行委員長になった。

俺たちの通う高校、天沼高校の文化祭は、その名を碧天祭と言う。

公立高校の割に規模は大きい。テレビの中継が来たこともあるしステージはネットで配信されたりもして、もはや地域のお祭りみたいな様相だ。

そんな一大イベントの舵取り役に――天文同好会の仲間、二人が選ばれたのだ。

「今年は、例年以上に碧天祭を盛り上げたいと思ってます」

壇上で、六曜先輩が声に力をこめ続ける。

「はっきり言えば、史上最高の碧天祭にしたい」

おおー、と生徒たちからざわめきが起きた。

六曜先輩の話には妙な説得力がある。

聞いているだけの俺も、いやおうなく期待を煽られる。

「そのために、これまでにないチャレンジを沢山したいと思っています。会場を広げたり、配信のシステムを強化したりな。それだけじゃない。毎年続いているイベントもレベルアップします。具体的には、有志ステージを俺が、メインステージを副委員長の二斗が統括して、これまで以上に楽しんでもらえるものにします！」

もう一度生徒たちから漏れる、驚きの声。

小さく歓声を上げている生徒までいる。

早くも六曜先輩は、実行委員長としてカリスマ性を発揮し始めているらしい。

「だから——みんなも協力よろしくな。力を合わせて、最高の碧天祭にしようぜ！」

体育館に響く、大きな拍手。

その音量には、やっぱり期待と高揚がはっきりこもっていた。

「……本当にすごいな」

俺は思わず、小さくそうこぼした。

「二人とも、こんな大役を……」

六曜先輩も二斗も、マジで自分と住む世界が違う。

学校からこんな大きな仕事を任されて、しかも全校生徒にこんなに歓迎されて……。

一度目の高校生活では、こんな景色に凹んだものだった。

六曜先輩と並んだ二斗の姿に、置いていかれた気分にもなった。

けれど——今の俺にとって、目の前の景色は全然別の意味を持つ。

天文同好会を救ってくれた恩人、六曜先輩。そして、恋人である二斗——。

そんな二人が、今年の文化祭を運営するんだ。

「……応援するか」

一つうなずいて、俺はつぶやいた。

彼らに比べれば俺はただのモブ生徒でしかないかもしれないけれど。

権限も役割も与えられていないけれど、二人は俺の大切な仲間なんだ。

ならきっと、できることもある気がして。珍しく『学校行事』に乗り気になれて、

「やれる限りの形で、応援するか……」

俺は自然と、そう決心したのだった。

＊

「——やー、頑張らないとなー」

その日の昼休み。天気も良いし、とやってきた中庭にて。

サンドイッチを食べながら、二斗はふうっと息をついた。

黒く長い髪が、秋の日差しに銀色に煌めいて見える。

小さく覗いたピンクのインナーカラーも、靴を脱いだ素足のペディキュアも、周囲の色を帯びていつもより落ち着いて見えた。

表情は、今朝壇上で見たときよりもずいぶんと気楽だ。

瞳に宿る光は穏やかだし頰は自然に緩み、肩の力も抜けている。

人前では優等生を装い、気心の知れた相手には素を見せる二斗の習性は、今も変わらない。

「碧天祭さー。メインステージの最後には、わたしが出演するんだけど」

「あー、だよな」

前回の記憶を思い出し、俺はうなずいた。

「俺が覚えてる碧天祭でもそうだったよ。めちゃくちゃ盛り上がってたっぽい」

なんとなく気が引けて、俺自身は見に行けなかったのだけど。その日のステージのことは、生徒たちの間でも長い間噂になっているようだった。

曲がすごかった、演奏がすごかった、オーラが半端なかった、などなど。

それこそ、当時友達が少なかった俺の耳にも入るくらい、一時期はその話題で持ちきりなほどだった。

「でしょー?」

あくまで軽い口調で、足をぶらぶらさせて二斗は言う。

「でね、取材に来てたテレビ局の人がその様子をカメラで撮って、ニュース番組で流れることになるんだけど。それをレコード会社の人が見たのをきっかけに、メジャーデビューが決まるの」

「おお、そうだったんだ！」

あれ、そういう流れだったのか！

現在、二斗はクリエイターの支援組織である、インテグレート・マグに所属している。

そこで既に創作活動はしているし、ＰＶや楽曲のネット配信はしているけれど、レコード会社に所属し、曲を流通させているわけではない。

それがこの文化祭をきっかけにレコード会社と契約し、楽曲を流通させる。

つまり、いわゆる『メジャーデビュー』をする、ってことになるわけだ。

「うん。だから今回も頑張らないとねー」

困ったような顔で、二斗は笑う。

「映像を見たレコード会社の人が『何だこれ！』って思うような、ステージをやらないと……」

「……なんか今って、メジャーデビューが必須ではないってよく聞くけどさ」

音楽に詳しいわけではないけれど、ふと気になって俺は尋ねる。

「ネットで配信できるようになって、大手レコード会社にいる必要がなくなりつつある、みたいな。二斗も今のまま、インテグレート・マグだけで活動してくことはできないのか？」

──レコード会社が気に入る演奏をする。

きっとそれは、相当大変なことなんだろう。

デビューさせる以上会社はかなりの金額をそのミュージシャンに投入するんだろうし、安易な契約なんてできないはず。特に、不況だと言われる昨今は。

となると、よっぽど目を引く演奏をできなければ、メジャーデビューに繋げることなんてできないわけで……しかも二斗は文化祭副実行委員長としても働かなきゃいけないわけで。

……大分きつくね？

そんなに色々背負い込むのは、さすがにしんどくね？

だったら、デビューを目指すのは一旦パス。まずは文化祭を盛り上げるのを考える、ってわけにはいかないかと思ったのだけど……。

「……確かに、メジャーデビューなしでも上手くいくミュージシャンは沢山いるね」

ふいに真面目な顔になり、二斗は言う。

「ネットで有名になって、自分たちで音源を売ってる人もいる。商業的なことを言えば、そっちの方が関わる人が少なくなるから、仕事として回していきやすい可能性さえあるよ」

「だろ？　だったら、二斗もそっちを目指すのもありなんじゃないか？」

「うーん、そう思ったことも、あるんだけどねぇ」

二斗は苦笑いして、小さく唇を噛み。

「実際に、ループの中でそれを目指したこともあったんだけど……」

「……どうなったんだよ？」

「ｍｉｎａｓｅさんが、パンクしちゃってさあ……」

ｍｉｎａｓｅさん。

インテグレート・マグの発起人にして、二斗の創作のパートナー。

ミュージシャンとしてのｎｉｔｏの活動の全てを後方からバックアップする、頼りになるプロデューサー兼ディレクター兼マネージャーのような人だ。

「やっぱり一人の交渉力と運営力には限界があるんだよ。なのに、わたしの活動規模をどんどん大きくしようとして、無理しちゃって……。ああ見えて、あの人メンタル弱いの。結構派手にダウンしちゃって……」

そのときのことを思い出すように、二斗は目を伏せる。

「だから……やっぱりわたし、メジャーデビューしないと。ｍｉｎａｓｅさんの負担を小さくするようにしないといけないんだあ……」

「……そっか」

なるほど……それなら納得がいった。

大切な仲間を守るため。恩人であるｍｉｎａｓｅさんのために、二斗は頑張ろうとしている。

ちょっと無理をしてでも、良い演奏をしなければと気負っている。

二斗らしい考えだなと思う。そんな彼女のことを、改めて好きだと思う。

なら──俺がすべきことは簡単だ。

「──やれることがあったら、何でもやるからな」

二斗の目をまっすぐ見て、俺は言う。

「俺に手伝えることがあるなら何でもする。だから……遠慮なく言えよ」

そのために、高校生活をやり直しているんだ。

二斗の隣にいるため、彼女を失踪という未来から救うため、今俺はここにいる。

なら、できること全てやりたいと思う。

俺自身の願いのため、二斗には俺を頼ってもらいたい。

「……そっか」

顔を上げ、二斗は俺を見る。

そして、こわばっていた頬を緩めると、

「ありがと、うれしい」

こぼれそうな笑みを浮かべて、そう言った。

「まあでも……今回演奏は、それほど大変でもないんだけどね。何度もループしてわかったけど、気に入られるハードルはそこまで高くないの。むしろ、一学期の配信ライブの方が難しいくらいで……」

「へえ、そうなんだ」

意外なセリフに、俺はきょとんとしてしまう。

「じゃあ、何を頑張らなきゃいけないんだ？」

「んー……」

と、二斗はもう一度表情を曇らせ。

迷うような顔で、しばし言葉を探してから――、

「……誰かを不幸にする、覚悟？」

思わぬ言葉に、返答が一瞬遅れた。

不幸にする、覚悟。

それは……どういうことだろう？

二斗の未来が開けるのに、ｍｉｎａｓｅさんだって助けられるのに……何か、他にも起きるのか？

けれど、そんな疑問を口にする前に、

「――あ、ねえ、本当に何でもやってくれる？」

二斗(にと)はガラッと声色(こわいろ)を切り替え、そう尋ねてくる。

「わたしがステージを成功するためなら、何でも手伝ってくれるの？」

「……お、おう」

話題の転換に戸惑いながら、俺はうなずいた。

「も、もちろんやるよ！　任せろ！　これでも高校生活は二度目！　まあまあ経験豊富だからな！」

「そっかそっか……」

うなずくと、二斗(にと)はにまーと笑ってみせ、

「じゃあ……ちゅーとかどうです？」

「……は？」

「巡(めぐり)、わたしにちゅーしてよ……」

──ドギン！　と。

心臓が一拍、痛いほどに高鳴った。

……ち、ちゅー!?　え、それはその、そういうことですよね？

カップルがする、そういうことですよね……？

「な、なんでそんな……」

話の展開が読めずに、しどろもどろでそう尋ねた。

「どうしてこの流れで、そんなことになるんだよ……」

「えー、だって……」

二斗は一層にんまり笑い、俺を覗き込む。

そして、グッとこっちに身を寄せると、

「そういうご褒美があれば、わたしも頑張れるし。それに、今まで一度も巡からしてくれたことなくない？」

「……それは、確かに」

「だから、一回くらいはしてほしいし。ね、いいでしょ？」

俺からしたことがない、っていうのはおっしゃる通りだった。

付き合って以降、彼氏彼女ではあるわけでキスすることは何度かあった。

最初は付き合ってすぐの屋上で。それ以降も、そういう雰囲気になったときに何回か。

それでも確かに、しようと言い出すのはいつも二斗からで、俺はどうにも受け身になってしまっていた。

「そっか、うん、なるほど……」

そこは確かに、二斗としては不満だったのかも。

俺としても、ここは一発彼氏として希望に応えたい。

「じゃあ、その……」

戸惑いながら、俺は覚悟を決める。

「わかった、するよ。ステージが上手くいったらするから、頑張って……」

「……いやいやいや、そうじゃないから！」

けれど――二斗は俺の決意の発言を、驚いた様子で打ち消した。

「ステージが上手くいったらとかじゃなくて、今だから！　これから頑張るために、今ちゅーしてって話！」

「い、今⁉」

「そうだよ！　そんな先のこと待ってらんないよ！」

「で、でもここ、中庭だぞ！　普通に他の生徒、来るかもしれねえぞ！」

「今はいないじゃん！　だからちゅーチャンスだよ！　今しかない！」

そう言って、勢いよく迫ってくる二斗。

彼女は俺の手を握りまっすぐ俺を見て、

「ほら……迷ってる暇はないよ！」

俺を見ている、濡れた水晶のような瞳。

彫像のような鼻筋と、その下の柔らかそうで薄い唇……。

ドキリと心臓が跳ねたのを自覚しながら、俺は考える。

……こうなったら、するしかないか。

ここで断るのはさすがにあり得ない。二斗には本当に頑張ってほしい。

だから、俺からキスするしか……。

「ふう……」

……しよう。うん、しよう。

二斗はこれから、文化祭のために全力で戦うんだ。

そんな彼女のために、これくらいのことでためらっていちゃいけない……。

覚悟を決め、深く息を吐き出した。

そして、グッと腕に力をこめると、俺は二斗に少しずつ顔を近づけ——、

「——おい坂本ー！」


——バッ！　と離れた。

中庭の片隅で上がった俺を呼ぶ声。

その聴き慣れた雑さに——慌てて二斗から顔を離した。

弾かれるように見れば、

「あのさー、碧天祭の出し物さー」

「あれ、なんとかしてうちのクラス、コスプレ喫茶にできねーかと思ってんだけど」

「投票、協力してくれね？」

友人たちだった。

西上、鷹島、沖田の三人組。

クラスでもつるむことの多い、俺にとってのいつメンだった。

彼らは気楽な顔でこっちにやってきつつ、俺の隣に二斗がいるのに気付くと、

「……お、おい！　二斗さんといたのかよ！」

「先に言えよお前ー！」

なんだか妙にビビった様子で後ろに飛びすさった。

「さ、先に言えもなにも、お前らがいきなり来たんだろ！」

「で、でも心の準備がいるだろうが！　二斗さんがいるなら！」

「そうだよ！　お二人の邪魔するわけにもいかねえし……」

「えー、そんな気にしなくていいよ！」

ぱっ、と優等生モードに切り替わり。

いつのまにか靴を履いた二斗は、朗らかな笑みで三人に言った。

「クラスメイトなんだもーん、わたしにも気楽に話しかけて！　あれだったら、一緒にお昼食べてもいいし！」

「え、マジ……!?」

「優しすぎだろ二斗さん……！」

明らかに恐縮しまくっている西上たち。

けれど――その気持ちは、痛いほど理解できた。

一度目の高校生活。ちょうどこれくらいの頃、俺は二斗に対して距離を作ってしまったわけで。そばにいるのが辛くって、彼女から逃げ出してしまったわけで。

本来の俺は、西上の側なんだ。

二斗のような人間のそばにいることのない、地味で取り立てることもない人間。

だから……、

「……いや、お前ら来なくていいから。二斗と俺の二人で食べるから」

「なんでだよ！　いいだろ二斗さんが言ってるんだから！」

「ちょっと付き合い始めたからって彼氏面しやがって！」

「彼氏面じゃねえよ！　実際彼氏なんだよ！」

西上と言い合いながら……俺は思う。

二度目の高校生活は、本当に不思議なことになっている。

二斗という、別世界の女の子のそばにいる現実。

人に貴賤はないかもしれないし、天は人の上に人を造らないのかもしれない。

それでも現実に、人のタイプというものはある。

俺と二斗も、天文同好会の残りの二人も、本来は俺と一緒にいるようなタイプじゃないんだろう。

そんな彼らの、そばにいられる不思議。

ほんの少し手を伸ばしただけで、一度目と違って俺は彼らと一緒にいることができる。

「でも本当に、今度一緒にご飯食べようね！」

「えーいいんすかマジで！」

「うん、みんないる方が楽しいし！」

にこやかに西上たちと話している二斗。

けれど、やっぱりキスできないのが不満だったのか。彼らに見えない位置で、俺の手の甲をつねっている彼女――。

眩い二斗のこんな一面を知ることができているのを、俺は心からうれしく思う。

＊

そして――もう一人の『別タイプ』。

俺にとって別世界の人間である、六曜春樹先輩は――、

「あーもーどうすっかなー！」

二斗と五十嵐さんが用事で先に帰った、天文同好会の部室にて。

パソコンでゴリゴリ碧天祭の準備を進めつつ、クソデカボイスでそう独りごちていた。

「んーこれじゃあ足りねえか。くそーなら別の策を……」

あー、やっぱりこの人でも大変なのかね、実行委員長ともなると。

人望はあるし頭の回転は速いし、六曜先輩には仕事ができそうなイメージがあった。

ちょいワル硬派タイプだから度胸もあるし、ここ一番での勝負も強そう。

それでもやっぱり、祭り全体を取り仕切るとなるとしんどいのか。

お疲れさまっす。無理しないでくだせえね、親分……（子分面）。

ただ、若干解せないところもあって、

「……あの、先輩」

ぼんやり眺めていたスマホから顔を上げ、俺は思わず声を上げる。

「文化祭の準備だったら、実行委員でやった方がいいんじゃないすか？　部屋割り振られてるでしょ？」

「あー、まあそうなんだけど」

パソコンから顔を上げ、六曜先輩はふーと息をつく。

「やっぱあっちだと、あんまり愚痴とか言えねえんだよなあ。みんなの士気落としたくねえし。前向きでポジティブな俺を見せたいっていうか」

「なるほど、そういうの気にするんすね」

「そりゃそうだろ。なんなら一番大事だろ、そういうのが。だから、煮詰まったりぶつぶつ言いたくなったらこっちで仕事しようと思って」

はー、一番大事……。

なるほど、こういうタイプの人って、他人のモチベーションとかそんなに気にするんだな。単純に「ネガティブなとこ見せたくない」っていう美学なのかもしれないけど、もっと俺様なイメージだったかも。

「でもわりい、巡（めぐり）もあんま、気分良くなかったか？」

「ああいや！　それは大丈夫っす！」

言って、俺はブンブン首を振ってみせた。

「ただなんかちょっと、意外だったというか。六曜（ろくよう）先輩も、愚痴ったりしたくなることがあるんだなって」

「……あー、まあな」

考えるような間を空けて――先輩は、疲れたように笑う。

そんな表情、初めて見る気がした。

硬派でハイカーストなこの人の、内側が見えた気がする笑顔。

そして先輩は、

「……ちょっと、話してもいいか？」

珍しく、窺うような目で俺を見る。

「巡、今時間ある？」

――そんな風に、尋ねられて。

この陽キャｏｆ陽キャの六曜先輩に「相談したい」的な雰囲気でそう言われて。

「……も、もちろん」

謎のうれしさを覚えつつ――俺はこくこくうなずきまくった。

「全然聞くんで、話してくださいよ。遠慮なく」

なんだ……何だこのうれしさ。

ハイカースト男子に必要とされて、卑屈な気もするけどめちゃくちゃうれしい。

……これあれだな。

昼休み、クラスの女子が勝手に俺の席を使ってるのを見たときのほっとする感に近いな。

ごく自然に承認されたというか、少なくとも避けられはしなかったというか。

どれだけ自己肯定感低いんだよ。

「前に話したろ？　俺、起業したいんだって」

「ああ、そうすね。言ってましたね」

「仲間と会社を立ち上げたい。一緒に会社をデカくしていきたいって、俺思ってんだ。親父も自分で会社作った人でさ。それに憧れて、俺も同じようにやりたいって」

その話は、先輩が天文同好会に入るときに聞いていた。

会社を作りたいから、今のうちに色んなタイプのやつと関わっておきたい。

だから、クラスの友人とは違う雰囲気のやつらがいる天文同好会に入りたいんだと。

確かに、六曜(ろくよう)先輩が経営者になるっていうのは、納得感があった。

新進気鋭の実業家とか見ると、こんな感じだよな。

学生の頃から人気がありそうというか、ハイカーストな雰囲気の人が多いと思う。

けれど、

「……親父(おやじ)が認めてくれねえ」

苦いものでも吐き出すように、六曜(ろくよう)先輩は言う。

「今の時代、新しい事業を始めるなんて無茶だ。まずは自分の会社に入って働けって」

「マジですか」

——親の反対。

そのフレーズと六曜(ろくよう)先輩のイメージが上手(うま)く噛(か)み合(あ)わなくて、また不思議な感覚を覚える。

でもそうだよな。この人にも当たり前に親がいて、進路に関して相談したり、意見をもらったりすることもあるんだ……。

確か先輩の父親は、どこかの企業の社長をしていたはず。

イメージとしては、六曜先輩の夢にも理解がありそうだけど……自分の会社で働け、か。

それはそれで、裕福な家庭にありがちな話なのかもしれない。

「ただ……俺も納得いかなくて食い下がったんだ。そしたら、条件を出されて。それをクリアできたら、起業を目指すのを認める、なんなら協力をしてやるって」

――そこまで話したところで、チャイムが鳴る。

時計を見れば、時刻は十九時。完全下校時間だ。

「……続きは、歩きながら話しましょうか」

「おう、だな」

うなずき合って、俺たちは荷物をまとめると。

部室の戸締まりをして階段へ向かった――。


「――親父、この高校のOBでさ」

階段をテンポ良く降りながら、六曜先輩は低く心地いい声で言う。

校内は既に灯りが落とされ始めていて、薄暗い。

窓からは日の沈む荻窪の空が見えた。

滲むような群青と、ときおり瞬いている小さな星――。

「しかも、俺と同じで二年のときには、碧天祭の実行委員長やったらしくて」

「へー、マジですか！」

廊下に出て職員室へ向かいつつ、俺は驚きの声を上げる。

「じゃあ、親子二代で実行委員長なんですね！　そういうこと、あるんだな……」

「ただ、出された条件も、碧天祭関係でよ」

挨拶して職員室に入り、キーボックスに部室の鍵を返す。

まだまだ多くの先生がデスクで仕事をしていて、礼をしてから俺たちは部屋を出た。

「今年の碧天祭、俺が有志ステージを、二斗がメインステージを担当するって発表しただろ？例年と違って、実行委員長も副実行委員長も、直接運営を指揮するって」

「ああ、そうでしたね」

――有志ステージとメインステージ。

その名の通り、有志が出演する小規模のステージと、文化祭の中心となる学校主導のメインのステージだ。

例年、メインステージは第一体育館。有志ステージは特別教室を使用し、どちらもそれぞれの雰囲気の中で盛り上がる。

とはいえ規模感には大きく差があって、体感的に客数は、メインステージ三に対して有志ステージ一くらいだろうか。

そして、

「――有志ステージで、メインステージに勝てってよ」

もう一度階段を下りながら、呆れたような声で六曜先輩は言う。

「シンプルに客数で、メインステージに勝てって」

「……マジ、ですか」

「それができれば、起業は認めてくれるらしい」

はっきりと――ハードルの高さを感じた。

言ってみれば、サブのステージでメインに勝つ。

例年の、三倍以上の客を集めるステージにしなければいけない、ということになる。

それは……どう考えても難しい。

いくら六曜先輩であっても、その条件はかなりの無茶振りに思えた。

さらに――俺は思い出す。

「……え、ていうか」

一階に着き廊下を歩きながら、俺は声を上げた。

「メインステージ……最後に、二斗が出るんですよね？」

既に生徒はほとんど下校済みらしい。

誰もいない廊下に、俺の声が反響する。

「あいつが……ｎｉｔｏとして、演奏を披露するんですよね？」

しかも……ただ演奏するわけじゃない。

メジャーデビューがかかっている、ループの未来をかけた演奏だ。

二斗は本気で来るだろうし、俺も上手くいくことを願っている。

けれど……そのステージに、勝たなければいけない。

六曜先輩は——二斗に勝たなければならない。

……本当に、できるんだろうか。

足下に視線を落とし、自然と疑問に思ってしまう。

例年でさえ、有志ステージでメインステージに勝つのは現実味のない目標だ。

俺だったら端からあきらめてしまう気がしたし、この六曜先輩が主導するんだとしても、現実的にクリアできるとは思えない。

なのに——ｎｉｔｏ。

その上に今年は、彼女が目の前に立ち塞がる。

圧倒的な才能を持つミュージシャン。

国内の音楽シーンを席巻していく。数年後には紅白出場、海外進出も果たす本物の天才。

現段階でさえ——ネットで活動するミュージシャンとして、破格の注目を集めるｎｉｔｏ。

彼女と戦って、勝つ必要がある。

しかも、ステージ動員数という、彼女に有利なフィールドで。

本当に……そんなことが可能なのか？

「まあ……でもやるしかねえよな！」

意外にも、六曜先輩は明るい声だった。

「確かにピンチなのは間違いねえよ。ｎｉｔｏは天才だ、百人いれば九十九人はあきらめる状況だよな」

「……ですね、だと思います」

「でもな——俺は、残りの一人なんだよ」

そう言って、六曜先輩は不敵に笑う。

「俺は間違いなく凡人だ。やれば何でもできるタイプ、とか言われることもあるけど、やらなきゃできねえ時点で『普通』だ。だとしても……全力で戦えばなんとかなるはず。あきらめずに策を考え続ければ、突破する方法が見つかるはず」

昇降口に着き、それぞれの下駄箱で靴に履き替える。

そして、校舎を出て正門へ向かいながら、

「——やってやるよ」

挑むように、六曜先輩は言った。

「凡人が——天才に勝つところを見せてやる！」

＊

「——生まれの違いを言い訳にするやつ、だせえと思ってた」

六曜先輩が——俺に言う。

学校近くのカフェ。店の奥まった場所にある席。

目の前に座る六曜先輩は、苦い顔で煙草を吹かしながら低い声で言う。

「親ガチャだの顔ガチャだの家ガチャだの、言い訳だろって」

反射的に、口にくわえたそれを咎めそうになる。

けれど……考えてみれば、六曜先輩は既に二十歳過ぎ。

法律的に、喫煙を禁じられる年齢ではないのだった。

——未来の世界。

文化祭から、二年半後の『現在』。

あの頃から少し歳を重ね、大学生になった六曜先輩は——ずいぶんとくたびれて見えた。

短めの髪はセットされることもなく乱れ、シャツには皺（しわ）が寄っている。

高校の頃のような覇気やオーラは影を潜め、声の張りまで失われたように感じられた。

そして彼は——、

「……勘違いだったな」

——煙を吐き出し、俺にそう言う。

「確かに、生まれの違いはある。どんなに努力しても、勝てない才能の差はある」

彼は視線を落とし、つぶやくようにその名を呼ぶ。

「……二斗（にと）は、住んでる世界が違ったな」

酷（ひど）く小さな声だった。

「次元が違った。勝てねえよ、あんなやつに……」

あの六曜（ろくよう）先輩とは思えない、かすれて聞き取りづらい声だった。

——敗北していた。

六曜（ろくよう）先輩はあのあと、全力で有志ステージを創り上げていったそうだ。

出演者を自ら集め大きな会場を使うべく交渉し、宣伝にも力を入れた。

けれど——、

「にしても……四倍も差がつくとか」

——結果は、残酷なものだった。

「例年より差が開くとか……あはは、もう笑うしかねえよな」

メインステージ四に対して、有志ステージは一。

全体の入場者数は大きく伸びたものの、それ以上に二斗がとてつもない結果を出した。

彼女は会場に入りきらないほどの人を集め、過去最大の動員数を記録して圧勝。

結果……六曜先輩は起業をあきらめ、こうしてどこか自暴自棄にも見える態度で、大学生活を送っているらしい。

「なる、ほど……」

固い声で返しながら、俺は愕然とする。

——四倍。

あの六曜先輩が本気でぶつかったんだ。

きっと、俺の想像のできないほどの努力もしたはず。

クオリティだって、低くなかったはずだ。

この人が率いたステージだ。実際に見たわけではないけれど、悪いものじゃなかったはず。

なのに——四倍。

例年の『三倍』にすら届くことができず、六曜先輩は敗北した。

彼の未来は、無情にも閉ざされてしまった……。

そこで……ふいに思い出す。

俺の視点で、初めて六曜先輩と話したときのこと。

あれは初めての時間移動の翌日で、真琴と今後の相談をしていたときだった。

声をかけられ、初めて会話を交わした六曜先輩。

あのとき、彼はこんなことを言っていた——。


「——なんだろ。あいつとはライバル……いや、そんな風すらなれなかったな」


きっと、あの時間軸の先輩も同じだったんだろう。

文化祭で二斗に挑み、敗北していた。

あのときは、ただただまぶしいハイカースト男子にしか見えていなかったけれど……今思い出してみると、確かにどこか世をすねた気配があった気がする。

六曜先輩は、どの時間軸でも——二斗に信念を折られていた。


「……あれから」

かすれる声で、六曜先輩は続ける。

「二斗も部活に全然来なくなって……お前とも、別れただろ？」

「……あ、ああ。そうですね」

初めて聞く話に、俺はぎくしゃくと「知っている振り」をした。

「あの碧天祭が、きっかけでしたね……」

「わりい。俺自身だけじゃなくて、巡と二斗の関係までめちゃくちゃにして……」

……そんなところまで、自分のせいにするのかよ。

六曜先輩、辛かっただろうに、そんなことにまで責任を感じるのかよ……。

それに、俺はふと思い出す。

先日の昼休み。文化祭の話の最中、二斗がこぼした言葉。

「……誰かを不幸にする、覚悟？」

この件か、と腑に落ちた。

二斗は、自分が勝てば六曜先輩が傷つくのを知っている。

きっと、未来が閉ざされ絶望してしまうのさえ知っている。

五十嵐さんとのケンカが、彼女を酷く追い詰めていたように。今回の件も、彼女が失踪してしまった原因の一つなのかもしれない。

「あいつ、今頃どうしてるんだろうな……」

そう言う六曜先輩に釣られて、俺は窓の外を見る。

「こんないきなり、失踪だなんて……あれだけのものを持ってて、なんでそんなことしたんだろうな……」

その表情には、それでもまだ友人に対する気づかいが、心配の色がはっきりと残っていて。

改めて、俺はこの人がたどり着くのが、こんな結末であってはいけないと強く思う。

＊

「──あーもう、全然できない！」

ピアノの前に座り、二斗がぐしゃぐしゃと頭をかいた。

「んーなんか声出ない、調子は悪くないはずなのに……」

──戻ってきた、二年半前の世界。部員全員が集まった、放課後の部室にて。

演奏の練習が難航しているらしい。二斗はイライラした様子で、何度も鍵盤を叩き歌声を上げていた。

……こんな風に全員が集合するのは、三日振りくらいだろうか。

ちょっとずつ碧天祭の準備がスタートし始めて、各自放課後も忙しくなり始めている。

だからだろうか。こうして二斗、五十嵐さん、六曜先輩が一堂に会していることに感慨があって、俺はスマホをいじりながら深く息を吐いた。

「えー、わたし全然いいと思ったけど」

二斗の隣に立ち、ジュースを飲みながら気楽な声で言う。

「ピアノも歌も全然上手いし、このままでよくない？」

「いやー、うーん……」

夏休みを明けた頃、二斗の人気はまた一線を越えた感があった。

初めて作られたアニメーションのＰＶ。それがこれまでの最速で１００万再生を突破し、音楽雑誌のインタビュー依頼も立て続けに舞い込んだ。

先週行われた配信ライブでは、同時視聴者数は最大二万人に到達。

もはやちょっとした音楽好きなら、確実に知っているであろう存在になった。

けれど……彼女は変わらない。

今も二斗はこれまで通りの裸足で。

ペディキュアの爪先をふらふらと踊らせながら、ピアノの前で口を尖らせている。

「俺も良いと思った」

手元のパソコンで何か作業をしつつ、六曜先輩も声を上げた。

「普通にかっこいいし、そのままで最高だろ」

「んー、そうですかねー」

「まあでも、素人意見だけどな。すまねえ口挟んで」

彼も——あくまでフラットな言い方だった。

先輩にとって、二斗は目の前に立ちはだかった大きな壁だ。

自分の人生を阻むかもしれない。敵と言ってもいいような存在だ。

けれど、そんな相手にもあくまで友好的に接する。

なんなら……背中を押しさえする。そういう人なんだ、六曜先輩は。

「……うん、やっぱもうちょい頑張ろ」

言って、二斗は再びピアノに向かった。

「もう少しで、するっと通せる気がするから。もうちょい試してみる」

「千華頑張れー」「気負いすぎずになー」

そんな彼女に、二人が声援を送る。

——既に、決心はできていた。

文化祭まで、自分がどうするかの決意はできていた。

もう一度、部室内にいる面々を見渡す。

鍵盤の上で手の平を踊らせる二斗と、プリントを前にペンを持ち、何かを考えている五十嵐さん。きっとあれは、碧天祭のクラスの出し物を考えているんだろう。

そして、パソコンで実行委員長の作業をしながら、ときおり副委員長である二斗に短く相談をする六曜先輩。

——愛着を覚えていた。

俺は、この場所を自分の場所だと思うようになっていたし、このメンバーを仲間だと感じるようになっていた。

だから、全員の未来を守りたいと思う。

二斗だけじゃない、全員を幸せな未来に連れて行って、笑顔で卒業式を迎えることができればと思う。

そのためには——俺が動かなきゃいけない。

碧天祭で起こる悲劇を、俺が回避しなきゃいけない。

「……よし、やるか」

宇宙の豆知識系の動画チャンネル。昨日上がったばかりの『ジェイムズ・ウェッブ宇宙望遠鏡』の動画を眺めながら、俺はつぶやく。

「まずはできることを……探してみるか！」

きっと——俺にならできるはずだ。

これまでも、少しずつ未来を変えていくことができた。

二斗の失踪という結末を、少しずつ変化させることができている。

なら、今回も同じだ。

どこかにあるはずの「俺たちの正解」を、見つけ出してやろうと決心する。

【幕間一】

「——ほら、これが過去の有志ステージの資料な」

放課後の職員室。

文化祭実行委員を束ねる御手洗(みたらい)先生が、そう言って俺に分厚いプリントの束を渡した。

「で、こっちがそれとは別で、ステージスタッフを希望してきた生徒」

「うす、ありがとうございます」

「……六曜(ろくよう)、お前のことだから大丈夫だと思うけど」

そう言って、御手洗(みたらい)先生は信頼の笑みを浮かべてみせる。

「上手(うま)く回して、無理しないよう気を付けるんだぞ。特にお前、実行委員長でもあるんだからな。良(い)い形で周囲に頼るように」

「ええ、気を付けるっす。では」

言って、頭を下げると職員室を出る。

実行委員の使う特別教室へ向かいながら、もらったばかりの資料を眺める。

「無理するな、かあ」

ずらっと記された情報に、俺は小さく笑ってしまう。

「おっしゃる通りだけど、こういうのは無理すんのも楽しいんだよなあ……」

——碧天祭、実行委員長。

実は、この高校に入学してからその座はずっと狙っていた。

俺にとって、大きなハードルである父親。

彼がかつて担っていたというその役。

前々から、親父には勝ちたいと思っていたんだ。

今回の件がなくたって、どこかで俺は親父を越えたかった。

三十年近く前、地域で一番の天沼高校に入り、その後国内トップの大学に進学。

そのうえ自分で企業を興し、それを二十年経営し続けている父親。

そんな、俺にとって偉大な存在を、いつか自分自身の力で越えていかなければいけない。

だから……今回の件はむしろ好都合。

自分の力を、真正面から親父にぶつけるチャンスだ。

だったら……無理しないなんて、そんな甘っちょろいことは言っていられない。

俺は俺にハードルを課し、限界まで戦いたいと思う。

そして二斗という相手は、そんな戦いに於ける最高の好敵手だ。

「……お」

と、そこで俺はふと気付いた。

『スタッフ希望』の生徒名簿。そこに並んだ、二人の名前。

「……あいつら」

思わず、言いながら笑ってしまう。

あいつらもいるなら、楽しいことになりそうで。

一層、これからに期待が募って、

「おし……やるか」

気合いを入れ直しながら、俺は到着した特別教室、クリーム色の扉を開いた——。

第二話 chapter2

【You're (not) included in my life!】

「――え！　有志ステージのスタッフになったの!?」

碧天祭実行委員長の発表から、一週間。

徐々に学校全体が、準備期間に入り始めた雰囲気の放課後。

クラスの出し物が見事（？）コスプレ喫茶に決まり、皆でその買い出しに行く途中の道で、二斗は目を丸くした。

「巡……自分から立候補したの!?」

「おう、色々考えて、そうすることにした」

微妙な気まずさを覚えつつ、それでも俺は胸を張って二斗にうなずいてみせる。

少し前を西上トリオが歩いているから、彼らに聞こえないようちょっと小さな声で。

「二斗のことも六曜先輩も俺自身のことも沢山考えて、そうするのがいいんじゃないかって……」

十月に入り、季節はすっかり秋本番。

街行く人の装いも、少しずつ厚着になってきた。

こうして歩く商店街、流れている杉並区の地域のFM放送も「やー食べ物のおいしい季節ですね！」と人気の飲食店を紹介していた。俺、地味に好きなんだよな、この放送。情報が地元に密着してて、トークもなんだかのんびりしてて……。

――なんて、現実逃避をしてる場合じゃない！

「ふうん……」

疑わしげな声を漏らしている二斗。

そんな彼女に、自分の決断をどう説明するか、だ。

二斗の言う通り……俺は六曜先輩の担当する有志ステージのスタッフになった。

正直なところ、今回はずいぶん迷ったんだ。

二斗と六曜先輩。二人の対決だ。

二斗は俺の恋人で、六曜先輩は大切な部活仲間で。

俺は二人とも、幸せになってほしいと思っている。

もっと言えば……どっちを優先するかといえば正直二斗だ。

こんな風に時間移動をし始めたのだって、二斗の失踪を未然に防ぐためなわけで。

何よりも彼女の未来を大事に思っているし、だとしたら今回も、文化祭のステージに向かう彼女をサポートした方がいいのかもしれない。

ただ……、

「……二斗は、住んでる世界が違ったな」

二年後の世界で、そう言っていた六曜先輩。

自分をあざ笑うかのような、今にも泣き出しそうな口調。

……いやもう！　放っておけんって！

あの人のあんな姿見たら放っておけんよ、さすがに！

協力するわ！　力貸すわ！

なんなら謎に母性本能みたいなのくすぐられたところあったわ！

ていうか多分、今回二斗(にと)は俺の力なしでも成功すると思う。普通に頑張って曲作りして本番で演奏すれば——それだけでオーバーキルだ。

だから……全てを丸く収めようとするなら。

六曜(ろくよう)先輩の絶望を回避し、二斗(にと)がそのことにショックを受けるのを避けるなら……どっちかというと、六曜(ろくよう)先輩の手伝いをした方がいいはず。

そんなわけで、俺は有志ステージの有志スタッフに立候補。

既に集まっていた実行委員会の面々と、統括リーダーである六曜(ろくよう)先輩に温かく迎え入れられたのだった。

とはいえ……、

「裏切り者ー！」

きっと俺をにらみ、唇を尖(とが)らせ二斗(にと)は言う。

「坂本(さかもと)、わたしの力になるって言ったのに！　何でもするって言ってくれたのに！」

こうなりますよねー。

二斗はもちろん、六曜先輩が自分に戦いを挑んでくるのを知ってるわけで。

構図的には彼氏である俺が、敵の側についたようにしか見えないだろう。

もちろん、二斗も本気で怒ってるわけじゃないと思う。

口調もなんかふざけてるし。でも、確かにちょっとそこに申し訳なさは感じるのだった。

「ごめんて……」

肩をすぼめつつ、俺は二斗に言う。

「事情があったから仕方ないんだよ。今回ばっかりは許してほしい」

「でも……だって、萌寧まで」

けれど、本気でちょっと寂しそうに二斗はそう続ける。

「萌寧まで一緒にやるんでしょ？　わたしだけ仲間外れじゃん……」

そう……なんと、五十嵐さん。

天文同好会の一員であり、二斗の幼なじみ兼親友である五十嵐さんまで、有志ステージのスタッフに加わったのだ。

「――へー、坂本もやるんだ、裏方」

「――それじゃ、わたしもやろうかな」

「――千華も頑張ってるし、わたしもなんかしたいし」

そんな軽いノリで、彼女も一緒に有志ステージを手伝うことになった。

正直なところ、俺も六曜先輩もちょっとビビった。五十嵐さんやるんだ、そういうの……。

まあ……スタッフを募集していたのが有志ステージだけだから、ってのはあると思う。メインステージも募集していたら、多分五十嵐さんはそっちに行っただろう。

それでも……自分の意思で、二斗とは違う場所で働こうとする。

前は二斗に以上なまでにべったりだった分、この子も本当に成長しつつあるんだなと妙に感銘を受けてしまった。

だから、

「まあまあ、そうだけどさ」

すねたような顔の二斗に、俺は笑ってみせた。

二斗の気持ちはわかるけど——ここはきちんと理解してほしい。

裏切るわけでも何でもなく、一番大事なのが二斗なのは、わかっていてほしい。

「なんかあったら力になるのは、今も変わらないよ。俺にやれることだったら、マジでやるから！」

「……ほんと？」

「ほんとだって！」

上目遣いの彼女に、俺は力強く主張する。

「二斗への気持ちは変わらないんだから！　そこは最優先の最重要だよ！　だから、なんかあったら遠慮しないで言えよ？」

「……そっか」

うれしそうに、口元をもにょもにょさせている二斗。

「わかった……じゃあ、許してあげる。有志ステージ、手伝ってもいいよ」

「おう、ありがとな」

よかった、ご納得いただけたみたいですね。

もちろん、本気で二斗のサポートだってするつもりなんだ。

しんどい場面があれば支えたいと思っている。

有志ステージばっかり手伝って……と思われないよう、これからも注意しよう。

「ではさっそく、やってもらいたいことがあるんだけど……」

考えていると、二斗がこちらを見てにやりと笑う。

そして、イタズラな表情で声を潜め、

「……ちゅーしてもらいましょうか」

「またそれえ⁉」

「もちろん、あとでとかじゃないよ。今ここで、ね……」

「いやどう考えても無理だろ！　路上だぞ！　クラスメイトいるんだぞ！」

「いいじゃん！　遠慮しないで言えって言ったじゃん！」

「にしても限度があるだろ！」

「……なーんか、いちゃつきの気配を感じますな」

言い合っていると——前方から、怨念のこもった声が聞こえた。

「何でしょうなあ……クラスでの買い出し中に」

「まさか、ラブモードに入ったカップルでもいるのでは……？」

見れば——西上たちだった。

予想通り、西上、鷹島、沖田のいつメン三人組だった。

彼らはじとりとした目で、地縛霊みたいな恨みのこもった表情でこちらを見ている。

「ちゅーだの何だの聞こえたんですが……」

「まさか坂本くん……こんな場所で、二斗さんに破廉恥行為を迫ったのでは？」

「いやちげえよ！」

あらぬ疑いに、俺はもう一度大声を上げた。

「むしろ逆だよ！　俺が迫られてたんだよ二斗に！」

「えー、なんの話」

声色を優等生モードに変え——二斗は困ったような笑みを作っている。

「何言ってるの巡。西上くんたちの前で、そういう嘘はやめてよー」

「そうだぞ坂本！　二斗さんがそんなことするわけないだろ！」

「彼女に罪をなすりつけるのかよ！」

だから逆！　なすりつけられてるから！

俺が二斗に、罪をかぶせられてんだよ！

とはいえ――そんなこと口に出すわけにもいかず。

俺たちはわーわー言い合いながら、買い出し先の店へ向かったのだった。

＊

・出演者集め
・会場の交渉

黒板に、そう書かれていた。

俺と五十嵐さんを含む、六人が集められた特別教室。

今日は初めての『有志ステージスタッフミーティング』だ。

ここにいる碧天祭実行委員の四人＋俺たち二人、リーダーの六曜先輩の計七人で、有志ステージは形作られていくことになる。

ちらりと見る限り、参加者のモチベーションは人それぞれっぽい感じだ。

俺や五十嵐さんはやる気ある側だけど、明らかに渋々来ました、みたいな感じの生徒。帰りたそうな生徒もいる。

まあ……実行委員って、クラスから強制的に二人が集められて組織されるからなあ。

みんなやる気とは限らんよね。

とはいえ、決して場の空気はダレていない。

壇上に立った六曜先輩が、黒板を指しながらキビキビと俺たちに説明する。

「——今年は有志ステージも、これまでにない規模にしたいと思ってる！」

低く張りのある声が、教室に響いた。

「そこで重要になるのが、この二つだな。良い出演者を集めることと、これまでより広い会場を確保すること。他にも色々必要だろうけど、まずはこれからだ」

ふんふん、納得感のある話だな。

例年、有志ステージは特別教室で開催されるのだけど、メインステージの第一体育館とは規模の差がありすぎる。特別教室って、そう呼ばれているだけで実際はただの空き教室だし。どんなにお客が入ってもマックス五十人だ。

まずはその「会場の差」をなんとかする、っていうのは大きな課題だろう。

出演者だってそうだ。

学校側が、その年大きな成果を上げた文化系の部活、個人、ＯＢＯＧをピックアップするメインステージに対して、有志ステージは希望した有志の出演がメインになる。

クオリティ面でもメインステージに差をつけられることが多いから、今年はスカウトなんかも積極的に行って、レベルの高い出演者を集めていこう、ということのようだ。

この二つをスタート地点にして、六曜先輩は有志ステージを創り上げていくつもりらしい。

……ちなみに。

メインステージに勝ちたいだとか、自分の将来の話を周囲に明かす気はないそうだ。

先輩曰く「いや、そんなん俺個人の都合だから」「周りを巻き込むわけにはいかねぇよ」とのこと。ストイックですな～。

「――つーことで」

と、一通り説明を終え六曜先輩が俺たちを見る。

「ここからメンバーを『出演者担当』『会場担当』に分けて動こうと思う。各自、希望があれば教えてほしい――」

――短い話し合いを経て、担当する仕事が振り分けられた。

会場担当が俺と五十嵐さん、六曜先輩含む残りのメンバーが出演者探しという切り分けだ。

そして、続く各チーム個別のミーティングにて、

「わたし……会場のアテあるかも」

「おおマジで⁉」

そんな風に言い出した五十嵐さんに、思わず大声が出た。

「どこだよ？　第二体育館とか？　武道場とか？」

「ううん、どっちも違う」

ふふん、とちょっと得意げな顔をしている五十嵐さん。

「確かに校内だとその二つだけど、結局どっちも第一体育館には負けるからね。もっと全然、別の会場候補があるんだよ」

「別の会場候補……？」

一学期の二斗とのいざこざをきっかけとして。俺とこの人は意外にも、気の置けない友人同士、みたいな感じになっていた。

こんな風に気楽に話すこともできるし、俺は二斗に関する相談を、五十嵐さんは仲良くしている男子大学生、三津屋さんのことを俺に相談するような間柄だ。

……この人と、そんな仲良くなるとはなあ。

客観的に見て、俺は理系のちょいオタ普通男子。

五十嵐さんは、今風の原宿とかにいそうなお洒落女子だ。

仮に一度目の高校生活中にそんな話されても、全然信じられなかっただろうなあ……。

「学校の隣、区民センターあるでしょ？」

「……あ、ああ。そうだな」

「あそこ、体育館があるんだよ。ママがバレーやってて、その見学で行ったことあるんだけど、結構デカくて」

「あー、あるな！　なんか、デカい建物！」

思い出して、俺はうんうんうなずく。

学校のすぐ横にある、杉並区民センター。

図書館やらレクリエーションルームやら色々ある施設だけど、その隣に体育館っぽい建物が確かにある。

外から見る限り……第一体育館より一回り小さいくらいか？

少なくとも、校内の候補よりは沢山の人が入れるだろう。

「確かにありかも。なんか特別感出るし」

「それに、マジで近くだから移動も手間がかからないでしょ？」

「だな。あとは校外の施設を使えるかだけど……六曜せんぱーい！」

俺は向こうでミーティング中の六曜先輩を呼ぶ。

「会場って、校外もありですか？　ちょっと良い候補がありそうで」

「あー、校外か。多分大丈夫じゃねえかな」

こちらを向き、六曜先輩は腕を組んだ。

「何年か前にも、仮装パレードで近所の商店街歩いた、みたいな例があったはず。顧問に確認しておくから、そっちはそれで進めちゃって大丈夫だぞ！」

「了解っすー！」

——ということで。

有志ステージ会場検討チームの目標は、区民センター利用に決定。

まずはその交渉を始めることになったのでした——。

＊

「——はーなるほど、そういう状況ね」

翌日の放課後。アポを取った区民センターに向かいながら。

一通り話を聞いて、五十嵐さんは俺の隣でうなずいた。

「有志ステージで、メインに勝つかー」

「そうそう。それができなきゃ、起業をあきらめなきゃいけないみたいで」

「だから先輩、あんなに頑張ってんだなー」

話しているのは、例の六曜(ろくよう)先輩の目標の話だ。

周囲には明かさない、と言っていたけれど、この子には話した方がいいだろう。

きっと協力してくれるだろうし……俺だって、今後有志ステージを盛り上げようと全力で頑張るつもりなわけで。その理由は五十嵐(いがらし)さんにも知っておいてもらいたい。

そして、案の定彼女は、

「そりゃ確かに、六曜(ろくよう)先輩応援しないとなー」

小さく決心するような表情で、そう言ってくれる。

「割と気楽に参加したけど、意外と頑張りどころだったかも」

「だろ？　気合い入れていかないとな」

「だねー。正直に言うと」

言うと、五十嵐(いがらし)さんはこちらを向き、

「このままじゃ、ワンパンで負けるだろうし」

はっきりした声で、そう言い切った。

「現状勝ち目ないだろうし、メインステージには」

「……だよな」

やっぱそうよな。客観的にもそう思うよな……。

有志ステージはその名の通り、有志の一般生徒が出演するだけ。

対するメインステージは学校の選ぶ実力者が出る上、ラストに控えるのが二斗。

現状、勝てる可能性があるとは思えない。

……しかし、五十嵐さん。こうもあっさり六曜先輩についてくれるのか。

そこはちょっと意外。少し前まであれほど二斗に執着していたのに……。

この人もちゃんと、二斗離れしてるんだな。新しい関係が今も続いているんだなと、なんだかうれしくなる。二人の間に入って、応援をしていたからなおさら。

ただ――、

「そもそも千華もう、学校の有名人とかいうレベルじゃないし」

五十嵐さんは――そんな風に話を続ける。

「知ってる？　一目千華を見ようと、放課後他の学校の生徒が見に来たりしてるんだよ？」

「え、マジ⁉　そんなことになってんの？」

他の学校の生徒が……？

それ、芸能人のエピソードとしてたまに聞くやつじゃん！

「うん。しかも一人じゃない。わたしが数える限りでは、今月入ってもう十一人来てる」

「じゅ、十一人も……⁉」

多すぎだろ！　萩尾望都先生の名作かよ！

「内訳は隣の上荻高校の生徒が四人、他の杉並区内の生徒が三人。残りは他の区の学生だね」

「ほう……」

「男女比は九対二。あの子に彼氏がいるのには、十一人全員が気付いてる」

「へー。女子もいるのか。しかも、俺の存在も知られて。……ちなみに、なんでそこまで把握してんの？」

不穏な予感を覚えて、俺は恐る恐る尋ねる。

「なんで五十嵐（いがらし）さん、そこまでその人たちに詳しいの……？」

いや、百歩譲ってストーカーっぽい人の存在に気付くのはわかる。

制服を見て、他校の生徒だって気付くのもわかる。

けど……男女比とか通ってる高校とか、どうして知ってるの？

普通、そこまではわからなくね……？

けれどその問いに……五十嵐（いがらし）さんは暗黒微笑を浮かべる。

そして、それまでよりも声を潜めると、酷（ひど）く楽しそうな口調で、

「そりゃ、わたしが直接『チェック』したんだよ……」

囁（ささや）くような声で、そう言った。

「服装とか顔とか色々ね。そのうち十人はＳＮＳと、自宅の特定も済んでる……」

「ヒェッ……！」

「なんかあったらちゃんと『報復』できるから、安心して……」

その背後に揺らめく暗黒のオーラ。

周囲の気温も、一気に十度くらいガクッと下がった気がする……。

そうだった！

この子、なんか二斗のことになるとちょっとストーカー気質になるところがあった！

こえーよ勘弁してくれよ。

もうストーカー（五十嵐さん）VSストーカー（他校）じゃん。

化け物に化け物ぶつけちゃってるじゃねえか……。

……なんて、まあそんな感じで。普段のテンションでわーわー言ってる間に、話が逸れたけど、今日俺たちには重要な任務があるんだった……。

気付けば、俺たちは目的の区民センター前に到着していた。

「……と、着いたね」

一息つき、その外観をざっと眺める。

やっぱり、隣の敷地にあるだけあって近いな。

正門から徒歩で一分かかんないくらいか。その間にしていた会話が怖かったから体感だと五分くらいだったけど。これくらいの距離だったら、みんなあんまり気にせず有志ステージを見に来てくれそうな気がする。

ということで、

「じゃあ……行こう！」

「うん！」

俺と五十嵐さんはうなずき合い、並んでその建物に入ったのだった。

交渉は、予想外なほどにあっさり進んだ。

話を聞いてくれたのは、俺たちの母親世代の女性だった。

彼女は俺たちのお願いにすこぶる協力的で、

「いいですね、是非是非当館を利用いただきたいです！」

「ええ、大丈夫ですよ、元々区民全員に開かれた施設ですから」

と、うれしそうに話を聞いてくれた。

よかったー、担当してくれた人がそんな感じで！

正直こういう公共施設と交渉するの、ビビってたんだよな……。

なんか、怒られそうなイメージがあるというか、ドライに切り捨てられそうというか……。

ありがとう杉並区！　職員さんの対応品質、最高です！

ただ、注意点もあるにはあって、

「アポのお電話でもご説明しましたが、体育館には防音設備がないんです……」

酷く申し訳なさそうに、職員さんは言う。

「そのステージには、音を使う出演者さんも出ますよね？」

「そうですね……その予定です」

まだ確定ではないけれど、出演者にはバンドやダンスチームを誘う予定らしい。

となると割とデカい音を出すことになるだろうし、それは周囲にも漏れるだろう。

「なので……申し訳ないんですが、周りのお宅への事前のお話だけ、お願いできればと」

「はい、そこはもちろんちゃんとやらせていただきます」

上品な笑みを浮かべて、五十嵐さんはうなずいた。

「周辺住人の方に、ご迷惑はおかけできないので……」

実はこれが必要になることは、アポの電話の時点で説明がされていた。

だからこのあとこの足で、挨拶回りも終わらせてしまう算段になっていた。

先輩の指示で菓子折も持ってきているし、準備もばっちりだ。

「――では、細かい話はまた後日」

職員さんが、玄関まで見送りに来てくれてそう言う。

「挨拶が全て終わったところで、具体的に詰めていければと思いますので」

「はい、よろしくお願いします！」

「またご連絡させていただいます」

そう言って頭を下げ、俺と五十嵐さんは周辺住人への挨拶へ向かった。

区民センター、その体育館に隣接する家は全部で十軒以上。

今日一日で終わるとは思えないけれど、あまりここで立ち止まってもいられない。

「よーし、さくっと終わらせて先に進むかあ」

「だね」

うなずき合うと、俺たちはまずすぐ隣にある戸建てに向かったのだった。

この調子でさっさと会場を確保、次の仕事に行っちゃおうぜ、五十嵐さん！

＊

「……ただいま」

「会場チーム、戻りました……」

「おー、お疲れ！」

数日後。全ての近隣住民への挨拶を終え。

特別教室に戻った俺と五十嵐さんに、六曜先輩が明るい声で言う。

「今日で全部終わる予定だったよな？　じゃあ、明日からは舞台設営の準備と、出演者集めの手伝いやってもらうかー」

言いながら、こっちへやってくる先輩。

いつも通りの自信に満ちた笑みと低い声。

教室内では出演者チームの面々が、誰かに電話したりパソコンをいじったりと各々仕事をしている。リストには出演者の候補がずらっと並んでいて、順調に仕事は進んでいるらしい。

そんな彼らに、

「それが……」

とかすれた声を上げ、

「……ダメでした？」

「は……？」

ぽかんとする六曜先輩。

そして俺は、酷く言いにくい気分でもう一度口を開き。

「……断られました」

「……マジで？」

「ええ。一軒、納得してもらえない家があって。開催を……止めてほしいと言われて……」

「いやでも挨拶、順調だったじゃねえか！」

「そうだったんですけど……」

ほとんどの家は、問題なく了承を取れたんだ。

基本的には皆さんお優しくて、『頑張ってください』なんて声をかけてくれる人もいた。

ただ……後半に訪れた一戸建て。

新築に近いお家に住むご一家の、七十代近いであろうおばあさまが、

「――ごめんなさい、音は控えていただきたいわ」

と、まさかの――NGだった。

「文化祭は土日に開かれるんでしょう？　お休みの日は、静かに過ごしたいの」

ご年齢の割に若々しい表情と服装。

メイクもしっかりされていて、「若い頃はめちゃくちゃモテたんじゃ？」という印象のその老婦人は、俺たちにはっきりとそう言ったのだった。

……もちろん、一度であきらめたりはしなかった。

日を改めて何度か伺ったし、失礼がないようマナーには十分に注意をしてお願いした。

「――お忙しいところすみません、天沼高校の坂本と五十嵐です……」

「――本日も、お話しできないかと伺ったんですが……」

こんなに丁寧に人としゃべるのは、生まれて初めてのことだった。

菓子折だって、一度ではなく毎回持っていくようにした。

そして……それでもダメだった。

「――何回来てもらっても変わらないわよ」

困ったように笑って、老婦人——桜田さんは言っていた。

「——悪いけれど、会場は他を探してちょうだい」

はっきりとそう言い切られてしまって。そうなると、区民センター側としても開催を了承できないらしい。俺と五十嵐さんは、なすすべもなくとぼとぼ学校へ戻ってきたのだった。

「……おーマジかー」

髪をぐしゃぐしゃとかき、六曜先輩は困った顔になる。

「いやまあ、こっちはお願いする立場でなー。そうおっしゃる人がいるなら、しゃあねえけど……」

「……どうしましょう」

途方に暮れながら、俺は先輩に尋ねる。

「会場……ここからどうしますか？」

いや、マジでどうする……？

二斗に勝とうとするなら。メインステージよりも有志ステージに人を集めるなら、『広い会場』の確保は必須だ。そもそも人が入れないんじゃ、どれだけ頑張ったって意味がない。

体育館と張り合える会場確保は勝負の大前提で、こんなところでつまずいているわけにはいかないんだけど……。

「……俺も、別アイデア考えてみるわ」

苦い表情で、六曜先輩は言う。

「校内で意外と良い場所が残ってないか、あるいは地域の他の施設を借りるか……」

「じゃあわたしたちは」

疲れた表情で、五十嵐さんはそう続ける。

「もう少し、桜田さんを説得する方法、考えてみようか。ちょっとこっちは、望み薄かもしれないけど……」

「……だな」

本人が「何回来ても変わらない」って言ってたけれど。それでも、まだ数回ほどしか桜田さんとは話していないんだ。ここから気持ちを変える方法があるかもしれないし、あきらめるのはまだ早いはず。

そして俺は、

「……相談してみるかなあ」

もはや「いつもの流れ」みたいな感じで、あいつの顔を思い出す。

「こういうときは……話してみるに限るよなあ」

つぶやく声が聞こえたのか。五十嵐さんはこちらを見上げると、不思議そうな顔で首をかしげていた——。

*

「――いやー、さすがにそれは……」

というわけで――戻ってきた二年半後の世界。

いつものように、ピアノの前で待ってくれていた彼女――真琴（まこと）は、呆（あき）れたように笑った。

「それをわたしに相談しても、どうにもならなくないですか？　ご近所の方の説得とか、したことないですし……」

「……それもそっか」

今更我に返って、俺はぼんやり真琴（まこと）を眺める。

金色の髪に、こだわりを感じるメイク。人に懐（なつ）かない猫みたいな表情と、切れ長の目。

俺の後輩にして、高校生活やり直しの唯一の協力者。

――芥川真琴（あくたがわまこと）。

一度目の高校生活よりずいぶん賑（にぎ）やかになった部室に、彼女の居住まいはしっくりハマっていた。

「そりゃ、わかんねえか……すまん、ちと頼りすぎた」

「いやまあ、いいんですけど」

なんだか、こいつに頼るのが自分の中で当たり前のことになっていたけれど。言うて毎回良い意見をくれるし、面倒見も良いタイプだから甘えちゃってたけど……そうだよな、こんなこと聞かれても、真琴にはわかんないよな。

つうか、こうして俺が過去に戻るため、部室にくるのに付き合ってくれてるだけで感謝すべきなんだ。わざわざ春休みの一日を割いて、俺に付き合ってくれてるわけだし。

マジ感謝っす、真琴さん。サンキューです……。

「……しかしまあ、そうなるとどうするかなあ」

ぼんやり窓の外を見上げながら、俺は一人つぶやく。

「振り出しに戻った感があるし、ここからどうしていくか……ん？」

と、視線を部室に戻して、あることに気付いた。

さほど劇的ではない、けれど確かに目を引く小さな変化。

「真琴……なんか痩せた？」

上着から覗く首筋。袖から伸びた手首。スカートからすらっと伸びている脚。

その全てが、なんだか以前より……、

「全体的に、すらっとした……？」

たぶん……見間違い、じゃないと思う。

俺の記憶の中の真琴は、太っているわけでもないし痩せているわけでもない。

ほどよく健康的な体型だったイメージがある。

けれど、今目の前にいる真琴。その身体は、はっきり細身と言ってもよさそうな華奢さだ。

なんかあれか？　ダイエットとかしたんか？

なんて思って、半ば軽口でそう言ったのだけど、

「……いえ、別に痩せてませんけど」

怪訝そうな顔で、真琴は言う。

「へ、そうなの？」

「ええ、ここしばらくは体重ほとんど変わってませんよ」

「マジか、見間違いかな……」

いや、そんなことはない気がする。間違いなく、俺の記憶より真琴は細い。

ずっと一緒にいたから、見間違えるはずはないと思う。

ただ……考えて、すぐに理解する。

確かに、真琴は細くなった。

けれど、それは以前に比べてではなく――『前の時間軸に比べて』なんだ。

俺が過去を変えたことによって、真琴の立場も最初の頃と大きく変わり始めている。

かつて「帰宅部仲間」だった真琴は、今や「天文同好会の部長」だ。

実際、この部室の光景だって最初に比べると様変わりしているわけで、時間軸ごとに真琴の

姿も変わるんだ。

ただ……、

「……どうして？」

真琴に気付かれないよう、小さくつぶやいた。

「なんでそんな、痩せたりなんか……」

今のところ、時間移動で真琴に直接関わるような何かをしたわけじゃない。

過去の俺が「ダイエットした方がいいぜー？」とか言ったわけでもないし、なんならまだ彼女は高校に入ってないわけで、言うほど会話を交わしたわけでもない。

じゃあ……何が違うんだろう。

どんな変化があって、真琴は一度目の高校生活の頃よりも細くなったんだろう……。

「……あの、本題の、会場の件ですけど」

考える俺に、ふと真琴は思い付いた様子で言う。

「問題になってる方、桜田さんでしたっけ？」

「……ああ、うん。そうだよ」

「きれいな方だって言ってましたよね。お洒落で、明るい雰囲気の方だって」

「うん、だな。なんかあれだよ、多分若い頃めちゃくちゃモテたんだろうなって感じの人。いや、むしろ今も普通にモテてるのかもしれん」

「だとしたら……」

と、真琴は何か、探るような顔になり、

「ちょっとわたし、おすすめの相談相手がいるかもしれません」

そんなことを——俺に言ったのだった。

「先輩に、会ってみてほしい人が……」

＊

そして、戻ってきた二年半前の世界。

真琴おすすめの『相談相手』に話した、数日後。

俺と五十嵐さんは、もう一度桜田さんの家を訪れていた。

「——こんにちはー」

「すみません、天沼高校の坂本と、五十嵐です」

「連日すみません……最後にもう一度だけ、お話しさせていただけないかと思って……」

これまでも何度も話しかけたインターフォンに、五十嵐さんと二人でそう言った。

最後にもう一度だけ。そう、今回をラストチャンスと考えよう、ということになっていた。

既に、会場の交渉が始まって一週間以上が経っている。

これ以上、ここに時間を割くわけにはいかない。
今日無理なら区民センターの利用はあきらめて、次の仕事に移らなきゃいけない。
『……もう、仕方ないわね』
そう言ってインターフォンが切れる。家の中で、誰かが移動する音がする。
それを聞きながら、俺は心臓がバクバク言い始めるのを感じていた。
どうなるだろう……交渉、上手くいくだろうか。
『相談相手』は、俺たちに一つのアイデアをくれた。
それが今回、ちゃんとハマるだろうか……。
「——はいこんにちは、今日が最後よ」
ドアが開き、桜田さんが顔を出す。
相変わらずおきれいに整えられた髪と、丁寧にされたメイク。
このお年でも『陽タイプ』であることがはっきりとわかる、明瞭な表情。
「でも、わたしの気持ちは変わりませんからね。そのことは——」
けれど——その目が、俺と五十嵐さんの背後を向く。
そして、小さく驚いたように見開かれ、
「——あら、はじめまして」
桜田さんは表情を崩した。

「坂本くんたちの……先輩かしら？」

「うす。すいませんこいつらが何度も。ちょっと、俺からも挨拶したくて」

ラフな口調でそう言ったのは――六曜先輩だ。

「六曜春樹っていいます。文化祭の実行委員長もやってる感じです」

そして、後ろにいるのは先輩だけではなく、

「どもー、春樹の友達です！」

「一緒に行こうって言われて来ちゃいました！」

彼の二人の友人が、元気な声を上げた。

ギャルっぽい先輩、中曽根さんと、お調子者系メガネ男子、平田さんである。

なんと彼ら、文化祭実行委員でも何でもないただの友達なのに、例の『アドバイス』を参考にしてここに来てもらっていた。

……大丈夫か？

未だに半信半疑で、俺は桜田さんの様子を窺う。

こんなに大勢で押しかけて、しかもこんなに派手系の人まで来ちゃって……。

怒られないか？　もっと態度が硬化しないか……？　なんて思うけれど、

「あらあら、大人数ねー！」

――意外にも。桜田さんはどこかうれしそうな表情だ。

そのうえ、

「こうなると、玄関で立ち話もあれね。入りましょう、どうぞどうぞ」

言って、彼女は俺たちを家の中に手招きしてくれる。

「うぇ、いいんすか？　入っちゃって」

「やったーお邪魔します！」

「いや早えーよ中曽根(なかそね)」

言い合いながら、玄関に入っていく先輩方。

——こんな展開、初めてだった。

これまでひたすら玄関で話していた桜田(さくらだ)さん。

この人が……俺たちを家に招いてくれるなんて。

意外さに五十嵐(いがらし)さんと目を見合わせながら、三人に続いて俺たちもその家にお邪魔した。

彼らの話は、最初から弾んでいた。

「——ていうかこの家、めちゃくちゃ豪華じゃないすか？」

「ねー、しかもこの和室すげーいい」

初めて来たとは思えないほどに、先輩方はくつろいでいる。

あぐらをかいている六曜先輩に、庭を眺めている平田先輩。

中曽根先輩に至っては、デーンとその脚を畳に投げ出していた。

いいのかよ、それ……俺と五十嵐さんは正座してるんだけど……。

ただ、

「でしょう？」

出してもらったお茶を飲みながら、桜田さんは自慢げな表情だった。

「息子がね、頑張って建ててくれて。しかもね、わたしのためにこんな部屋まで」

「マジで⁉」

「息子さん建てたんだ！　超親孝行じゃん」

「そうなのよー」

……盛り上がってるじゃん。

会話、普通に盛り上がっちゃってるじゃん……。

すげえな先輩たち、大分年上の人相手でもこんなことできるのかよ。

俺と五十嵐さんだって、結構頑張ったつもりだったんだけどな……。

そして、

「そうそう、例の文化祭の話なんすけど」

あくまでごく自然に、軽い口調と笑顔で六曜先輩が切り出す。

「確かにこんな部屋があるのに、うるさくされたら嫌っすね」

「そうなの」

理解してもらえてうれしいのか、桜田さんはこくこくうなずいた。

「昔は音楽を聴くのも好きだったんだけど、最近は疲れちゃうのよね。だからごめんなさい、やっぱり控えてほしくて」

「なるほどなー。だったらまあ、仕方ないっすね」

まずはそう認める六曜先輩。

けれど、そこから自然に文化祭の話を続けた。

「――できれば俺、生徒全員の一生の思い出になる祭りをやりたくて」

「――ほらやっぱ、人生は一回だけだし、高校生活は三年だけっしょ？」

「――有志ステージとかやりたいやつだけが出るんすよ。それを最高にしたくて」

正直――内容的には、俺たちの説明と大差がなかった。

自分たちがどれだけ文化祭にかけているのか、どんな風に頑張っているのか。

そんなことを、あくまで軽い口調で話す六曜先輩。

桜田さんも、世間話としてその話に乗っていた。

「――そうよね、わたしも学生の頃そうだった」

「――うんうん、一回だけ、最近特にそう思うわ」

「――いいわねえ。そうやって集まって、みんなで盛り上がるの」

そして――そんな会話がしばらく続いたあと。

「うわ、このお菓子うま……」

中曽根(なかそね)先輩が、出してもらったお茶菓子にそんな声を上げた。

「え、マジ？」

「俺も食べよ」

平田(ひらた)先輩、六曜(ろくよう)先輩が続く。

「うわうめー」

「マジだ。へー、和菓子、ありだな」

なんて言っている彼ら。

そんな先輩たちに――、

「……まあ、今回は許しましょうか」

ふいに――桜田(さくらだ)さんが、そんなことを言い出した。

「ステージをやるの、許しましょう」

……え？　と、一瞬固まった。

――許しましょう。

ずっと待っていたはずの、その言葉。

それでもあまりに唐突すぎて、すぐには意味が飲み込めない。

先輩たちは、けれどあくまでテンポ良く。

「……お、マジすか⁉」

「えーいいの？　うるさいの苦手なんでしょ？」

「それはそうだけど……そのお菓子くらいでそんなに喜んでくれるなら、やってもらってもいいかなって思って」

「うわーマジすか！」

「ありがとう、桜田さん！」

色めき立つ先輩たち。

うれしそうな六曜先輩に、小躍りする平田先輩。

中曽根先輩にいたっては、彼女に抱きつきにいってる。

それを五十嵐さんと眺めながら——ビビっていた。

目の前の展開に、俺はビビりまくっていた——。

……ＯＫ、出ちゃったんだけど。

相談の通りにしたら……マジで許可、されちゃったんだけど。

「——丁寧にいきすぎたんじゃないのか」

それが——『相談者』のしてくれたアドバイスだった。

坂本と五十嵐は、相手を尊重するあまり硬い態度でいきすぎたんじゃないか。

そのせいで相手との心の距離が開いてしまって、良い返事をもらえなかった。

もう少しフレンドリーな話をすれば、答えも変わるんじゃないか。

……正直俺は、そこまでその意見に納得できなかった。

本当にそんなことで、相手の答えが変わるんだろうか。

そういう問題だとは、どうしても思えないんだけど……。

ただ実際……『相談者』には祖母がいて、若者が気楽に接してくると、非常に喜ぶらしい。

「――わたしは、歳を取った実感はそんなにない」

祖母はよく、そんな風に言っているそうだ。

「――ただ、若い人の自分に接する態度が変わって、年寄りなのを実感する」

「――そのことが、少し寂しい」と。

桜田さんが、いつもおきれいにされている明るい方であるなら。同じようなタイプの人を連れて、気楽にお話をすれば考えも変わるかも。そんな意見を『相談者』はくれたのだった。

桜田さんにも近い、明るくてお洒落なタイプ……。

そうなると、六曜先輩やその周囲の友達、ということになるだろう。

そんなわけで。俺は六曜先輩に事情を明かし、友達を数人連れた上で今日の説得に同行してもらった、というわけだった。

「——じゃあ、今日は本当にありがとう」

話を終え、友達に話すような口調で六曜先輩が言う。

「ＯＫしてもらえてマジでうれしかった。招待状も送るから」

やっぱりその話し方は、俺にはちょっと失礼にも感じてしまうのだけど、

「まーほんとに？」

桜田さんはむしろ、頬をほころばせてそう言う。

「なら見に行こうかしら、家でじっとしているのもつまらないし」

「えー来て来て！」

「特等席作って待っておくから！」

……本当に、なんとかなってしまった。

『相談者』の意見の通りにしたら、上手くいってしまった……。

目の前の光景を眺めながら、なんだか俺はぼんやりしてしまう。

もちろん……『あいつ』だってただの一人の人間だ。偶然考えがハマっただけって部分もあるだろうし、本人だって「絶対こうだ！」って言っていたわけでもない。

けれど……うん、やっぱり『彼女』は頼りになる。

仲間になってもらってよかった、全て明かしてよかったと——俺はあの日のことを思い出しながら、深く息をついていた。

＊

——その日。

「な、なんの用でしょう……」

真琴に提案された『相談者』は——俺を前に、緊張の表情をしていた。

「こんな急に話したいなんて……」

呼び出して来てもらった、喫茶店にて。

『相談者』はそう言うと——短い黒髪を不安げにくしゃっとかいた。

低い身長、警戒気味にきゅっと閉じた口元。

そして、懐かない猫のような表情と、切れ長の目——。

——真琴だった。

二年半前、まだ中学生の芥川真琴に、俺は相談に来ていた。

未来の真琴曰く、

「中学の頃、祖母が亡くなったんです」

「当時の自分、おばあちゃんっ子で。祖母の友達ともよく遊んでいたんで」

「あの頃のわたしなら相談に乗れたと思います」

とのこと。なるほど、確かにそれは頼りになる可能性がありそうだ。

ちなみに高校生になった時点では、当時のことはあまり覚えていないとのこと。

だからこそ……今の自分ではなく、過去の自分に話をしてみては、と真琴は思ったそうだ。

確かにうん、納得感はあった。

未来の真琴のおすすめする相談相手として、過去の自分を挙げるのは理解できる。

俺自身これまでも、過去の真琴に軽く相談したことはあったからな。頼りになるやつなのもわかっている。

ただ……若干引っかかる部分もあった。

過去の真琴からすれば、ちょっと怖い気がするのだ。

友達の高校生の兄が、なんか自分にヘビーな相談をしてくる。

別にそれほど仲良くなかったのに、自分の祖母まで絡めて質問をしてくる。

まだ高校に入っていない中学生女子からすれば、それは割と身構えちゃうシチュエーションだろう。

だから俺は――小さく深呼吸をする。

手を一度ギュッと握って、「実はちょっと話したいことがあってさ」なんて口にしてみる。

事前に一つ、真琴に『ある話』をするつもりだった。

まだ彼女に話していない、大切な秘密を打ちあけるつもり。

ちなみに……これを話すのを提案したのも、未来の真琴だ。

ハードルは高いけれど、きっと受け入れてもらえるはずで。

過去の真琴も、俺の『突拍子もない話』を理解してくれるはず。

そして――、

「……俺、未来から来たんだ」


恐る恐る、目の前の真琴にそう言う。

「俺、三年後の未来から。真琴が、俺の後輩になった未来から来たんだ……」

真琴は、その言葉に目を見開く。

しばらくぽかんと口を開け、一ミリだって意味を理解できない様子で――、

「……は？　何を、言ってるんですか？」

呆然と、俺に尋ねる。

「未来からって……一体、どういう……」

「――全部明かしちゃうのはどうです？」

未来の真琴は、そう言っていた。

「――時間移動の件も含めて、全部明かしちゃうのは」

「……え、全部⁉」

あまりに予想外の提案に、俺は思わず目を丸くした。

「いや、それはさすがに無茶じゃね⁉　信じてもらえないだろうし、信じてもらえたとしても荷が重いだろ……」

「ううん、それはそうでしょうけど」

腕を組み、何やら考える様子でそう言った。

「でも……色々隠されると、協力しないと思いますよ。当時のわたしは」

「そうかなあ……」

「そうですって。当人のわたしがそう言うんだから」

「……まあ、それもそうか」

「逆に、全部明かされればちゃんと協力します。親身にもなると思いますよ。わたしに一つ、策があるので……試してみて、もらいたいです」

そんな経緯があって、俺は過去の真琴に全てを明かす決意をした。

他に考えられる手段もなかったし、そのことで何かが破綻しちゃうこともないはず。

それに……認めよう。

俺自身、心の中でどこかそうしたいと思っていた。

ずっと――仲間が欲しかった。

過去をやり直す中で、全てを打ち明けて相談できる仲間が欲しかった。

二斗も五十嵐さんも六曜先輩も、みんな大切な仲間だ。けれど、時間移動の話までできる相手はこっちの時間軸にはいない。

だとしたら、ここから話すとしたら真琴しかいないだろう。

二年半後には、結局彼女は全てを知ることになるんだし、時間軸への影響も小さいはず。

――そんなわけで。

俺は意を決し、過去の真琴にも時間移動の秘密を教えることにしたのだった。

……ただ、

「……いやいやいや」

目の前の彼女――中学生の真琴は、当然怪訝な顔をしている。

「えっと……なんか、宗教とかの勧誘ですか？　だったらすいません、ちょっと忙しいんで……」

言って、真琴は席を立つ。

「失礼します……」

ぺこりと頭を下げ、すたすたと去っていく。

……そりゃ、そうなるわな。

友達の兄に呼び出されて、未来から来たって言われたら真っ先に「怪しい勧誘」を疑うだろう。ここまでは、俺も想定内。

だから――、

「――『ＶＴｕｂｅｒ、悪田魔子斗のまこちゃんねる』……」

――ぼそ、っと。

真琴にギリギリ聞こえるくらいの声で、そうつぶやいた。

ぎくり、と肩を震わせ、真琴がその場に立ち止まる。

そんな彼女に、俺はもう一度口を開き、

「人間界にやってきた悪魔系ＶＴｕｂｅｒ。雑談配信がメインで……リスナーの呼び名は小悪魔たち……」

バッ！　と。

真琴が――血相を変えてこちらを振り返った。

それでも、俺は止まらない……！

「SNSのハッシュタグは『#魔子ちゃんマジ悪魔』、イラストハッシュタグは『#魔子ちゃん地獄絵図』。R―18イラストは『#サキュバス魔子ちゃん』のハッシュタグで――」

「――うわあああああ！」

――塞がれた。

駆け寄ってきた真琴に――手で口を塞がれた。

「な、ななな！　なんで知ってるんですか!?」

酷く混乱した様子で、真琴は俺を問い詰める。

「それ、わたししか知らないはずなのに……なんで先輩が知ってるんですか!?」

わたししか知らない……。

ふふ、そりゃそうだよな。驚くよな。

中二のときにちょっとだけやって、すぐに辞めたＶＴｕｂｅｒ活動。

それを、当時知り合いでもなかった俺がなぜ知ってるのか……。

「……真琴、お前自身に聞いたんだよ」

不敵に笑ってみせながら、俺は彼女に言う。

「二年半後のお前に……『これを言えば信じるから』って、教えてもらったんだよ！」

――未来から戻ってきた、なんて言われても誰も信じないだろう。

しかもそれが、関係も薄い先輩からだったら気味悪がられてお仕舞いだ。

だから……未来の真琴が教えてくれたのが、この『VTuber活動をしていた』という彼女だけの秘密だ。

本人的には高校生になった今も割と黒歴史らしく、頬を赤らめながら教えてくれた。

まあ……ちょっとそれが不思議でもあったんだけど。

過去の自分と俺を会わせるために、そこまで身を切った理由はちょっとわからない。

それでもともかく、俺は真琴の秘密をゲット。こうして過去の彼女に突きつけたのだった。

「……なる、ほど」

未だに動揺した様子で、真琴はふらふらと座り込む。

そして、

「……ちょっと、まだよくわかりませんが。全てを納得したわけじゃありませんが……」

慎重にそう前置きして俺を見上げると。

あきらめるような声で、こう言ったのだった。

「ひとまず……話を聞かせてもらった方が、よさそうですね」

＊

数十分後。

「──ありがとな、言われた通りに試してみるよ」

「いえ、お力になれたなら幸いです……」

気楽に話した方が良いのでは、というアドバイスをもらったあと。

真琴はそう言うと、はぁぁと深く息をついた。

「……正直、まだ全然信じられないんですが」

そして、ストローでちゅちゅっとコップに残った水を吸い、

「そういうことも……あるのかもって思い始めました」

真琴には──これまで俺が経験してきたことを、ざっくりと説明した。

二人きりで時間を無駄にした、一度目の高校生活。

当時の元カノである二斗の失踪や、もう一度高校生活をやり直していること。

少しずつ、二斗を不幸な未来から遠ざけることができていること。

そして──未来の真琴は、俺のそばでいつも俺を助けてくれること。

その全てが意外だったようで、真琴は視線をふらふらとさまよわせながら俺の話を聞いてくれた。

今もまだ、動揺は覚めやらない様子で、

「……まあそりゃ、信じられないよな」

俺は思わず小さく笑ってしまう。

「高校生になったあとの自分のこととか、こんな他人に聞かされても」

「ええ。しかもわたし、金髪になるの？　似合うのかなあ……」

「めちゃくちゃ似合ってるよ」

未来の真琴を思い出しつつ、俺はうなずいた。

「めちゃくちゃかっこいいっていうか、正直かわいいと思う、あれは」

その言葉に——真琴はちょっと目を見開く。

「……そうですか」

驚いたような、呆けたような表情。

けれど、すぐに目を逸らすと自分の髪を小さく摘まみ、

「だったら……やってみようかな。中学は無理なんで、卒業してから……」

「いやまあ、高校でも普通に校則違反なんだけどな」

「そうですよね。でもちょっと、興味出てきました。そうか、金髪……」

「——あー、いたいたー！」

そのタイミングで——店の入り口から声がした。

聴き慣れたハイトーンボイス。歌うような上機嫌な口調。

そちらに視線をやると、

「おーい、巡ー！」

こちらに手を振る二斗がいる。

実は真琴と会う前に、時間移動を明かすことは説明してあった。

この店で話す、ってこともちゃんと伝えてあった。

二斗は二斗でループしてるし、俺の時間移動のことも知っている。

真琴に俺の時間移動を明かすなら、そのことは事前に話しておいた方が良い。

……ちなみに、二斗のループの件の方は、真琴には特に明かしていない。今回の件には関係ないからな。余計な情報増えて混乱しそうだし。

「どうしたよ？　二斗も真琴に会ってみたかった？」

こっちまで歩いてくると、二斗は俺たちの横で腰に手を当ててうれしげにほほえんでいる。

「うん！　よく話は聞いてるし！　あと、タイミング合えば巡と一緒に帰ろっかなって」

「そうか、ちょうど話し終わったとこだしそうするか。……と、この時間軸じゃ初対面かな」

俺は伝票を手に取りつつ、ちょっと固い表情をしている真琴に視線を向け、

「この人が、さっき話した二斗千華だよ。その、俺と付き合ってる」

「どうも！　ここではじめまして！」

そう言うと、二斗は優等生モードで明るい笑みを浮かべ、

「二斗千華って言います。よろしくね」

「……ええ、よろしくお願いします」

なんだか妙に警戒した様子で、真琴はぺこりと頭を下げた。

「芥川真琴って言います……」

「色々巡の相談に乗ってくれたんでしょう？　ありがとね」

「……いえ」

うなずきつつも、真琴の視線はずっとテーブルを向いている。

……なんか、借りてきた猫みたいな態度だな、真琴。

でもそりゃそうか。知らないお姉さんがいきなりフレンドリーに接してきたら、そりゃビビりもするか。

しかも二斗、髪色もあって明らか『陽』タイプだし。

放っておいても仲良くなるような二人、ではないんだろう。

一通り話をしてから、レジに向かう。

二斗は先に店の外に出て、俺を待ってくれている。

そして、会計をする最中、

「……それにしても」

真琴が小さな声でそうつぶやいた。

「ん？」

「最初は、先輩とわたしの二人だけだったんですね……」

「……ああ、天文同好会？」

「ええ……」

「まあ、そうだな」

あの無駄な時間を、どうしようもなく過ぎていった時間を思い出しつつ、俺は苦笑する。

「真琴も心底退屈そうだったよ。でも安心しな、今は面白い人たちがいっぱいいるから。二斗もそうだし、五十嵐さんとか六曜先輩とか」

「そうですね……」

言って、真琴は視線を落とす。

そして、さらに小さな声で、

「……でも、二人きりも。先輩と二人で時間を無駄にするのも」

消え入りそうに震える声で、こう言ったのだった。

「そんな未来も、悪くなかったかもって、思いました……」

【幕間二】

「──おし、順調だな……」

深夜の自宅。自室の勉強机にて。

俺はスカウト中の出演者候補者からの返答をとりまとめ、一つうなずいた。

「これで最低ラインは確保できた。あとは、有志の希望者を選抜して……」

「──春樹（はるき）、まだ起きてるの？」

廊下から、母親の声が聞こえた。

「最近連日じゃない。気持ちはわかるけど、やり方は考えてね」

「ああ、わかってるよ」

机に向かったまま、俺はそう答える。

確かに、文化祭実行委員長になって以来。俺はこうして、自宅でも遅くまで仕事をするようになった。

スタッフの配置から出演候補者のピックアップ、宣伝の考案まで。

何せあの二斗と戦うんだ、どれだけ準備したってしすぎにはならないはず。

それに……、

「んー……もう一時か」

時計が既に零時を回っているのを確認し、俺はふっと笑ってしまう。

こういう努力は、嫌いじゃねえんだ。

幼い頃からそうだった。

自分に鞭を打って、能力を伸ばしていく。

周囲を抜き去って全速力で走って、圧倒的な結果を出す。

そのことが——快感でたまらない。

そんな風に思ったのは……小学生の頃。あるクラスメイトと、五十メートル走で競い合ったのがきっかけだった。

あの経験が、今の俺を作ってくれた。

これからも、俺を導いてくれると信じている。

だから、

「……おし、もうひと頑張り！」

俺はパソコンを操作し、出演者リストを閉じると。

既に用意されあとは掲示するだけの、「有志出演者募集」のポスターに目を通し始める。

……ふと見ると、窓の外は真っ暗な住宅街で。

けれど、そのところどころには灯りも点っていて――。

――今頃あいつは、俺が倒すべき天才、ｎｉｔｏは。

俺と同じように努力しているんだろうか、それとも余裕で眠っているんだろうか、なんてそんなことを思う。

第三話 chapter3

【華のハレーション】

「――つーことで、会場は決定。スカウトの出演者もフィックスな」

学校敷地内、駐車場近くの空きスペースで。

スマホで資料を確認しながら六曜先輩は言う。

「メールでも一覧は送っておいたけど、これから全グループに挨拶して様子見るから。みんなちゃんと頭に入れといてくれ」

「うっすー」

「了解です！」

集まった有志ステージスタッフたちから、返事の声が上がった。

相変わらずテンションもモチベーションもバラバラな、まとまりのない声。

俺も「はーい」なんて答えつつ、もう一度メールを確認する。

・ＦＬＩＸＩＯＮＳ（ヒップホップダンスのチーム）
・ＯＢＯＲＯ月夜（ライブハウスでも活動を始めているバンド）
・戦艦ポチョムキンズ（Ｍ―１予選突破を目指している芸人志望二人組）
・吾妻きらら（ＴｉｋＴｏｋでちょっとバズったダンサーの女子生徒）

出演者チームが候補を挙げ、スカウトしてＯＫをもらったのがこの四組だった。

俺から見ても、納得感のある面々だ。

二斗が頭一つ抜けているからその影に隠れがちだけど、この学校には様々な表現活動をしている生徒がいる。

音楽や演劇、漫画を描く生徒もダンサーもいる。

しかも、彼らは彼らでそこそこ結果を出していて、生徒の間で話題になることもしばしば。

だからここに並んでいる出演予定者のことは俺も一応全員知っていて、「なるほど、さすが良いところを押さえてきたな」と一安心した。

有志ステージっていう枠組みでは、多分ほぼベストの人選だ。

これに追加して公募の出演者が合計五組程度。

合計十組近くが、ステージに出演してくれる予定になっている。

「じゃあまずは、芸人コンビ。戦艦ポチョムキンズからいくか！」

言いながら歩き出す六曜先輩。

「体育館裏でいつも練習してるらしいから、どんな感じかしっかり見といてな！」

＊

そして――やってきたポチョムキンズの練習場所。

短い挨拶のあと。

彼らが見せてくれたのは……なんと、天沼高校実在の教師を題材としたコントだった。

「コント。絶対ルールを守らせたい教頭・東VSマニュアル通りが許せない学年主任・田村」

「……なーちょいちょいちょい！　ちょっと待って！」

「あー、なんだあ？」

「ほら見てちゃんと！　信号赤でしょ⁉　渡っていいんですか⁉」

「なーに言ってるだあ？　あれ！　道の真ん中で子猫が震えてるだろ！」

「だから何だって言うんですか⁉」

「助けなきゃいかんだろ！」

「でも信号赤でしょ！　渡っちゃダメでしょうが！」

「なーに言ってるだあ！　子猫の命がかかってるんだで！」

「でもルールでしょう！　赤信号は渡っていいんですか⁉」

「なんだあ！　マニュアル人間か！　そんなんで社会生きていけんぞ！」

……。

……。

……爆笑だった。

有志スタッフ一同、爆笑だった。

いや、わかる。内輪ネタだ。

妙にルールの話ばかりする教頭と、生徒に自分で判断させたがる田村先生。

その二人をぶつけて言い合いをさせるという、直球の内輪ネタだ。

二人のことを知らないと全く面白くないだろうし、彼らの口調の特徴を知らなきゃ意味もわからないだろう。

けれど……見事な学祭ノリだった。

見に来る生徒も内輪であることを存分に活かした、天沼高校の生徒にだけ笑えるネタ。

これはこれで、場面をよく把握した良い選択なんじゃないかと思う。

というかものまねが上手すぎる。教頭も田村先生もマジでそんな口調だよな……。

「やー！　ありがとうございます！　よかったーウケて……」

ひとネタ終わったあと、ポチョムキンズの突っ込み、志摩さんがほっとした顔をする。

そして、ボケの遠山さんもタオルで汗をぬぐい、

「当日までには、もっとネタ考えるんで！　妙に鋭い千代田先生VS嘘が下手な南原先生、とか！」

「ええ、楽しみにしてます」

六曜先輩はそう言い、彼らに力強くうなずいてみせた。

「当日は――客席、好きなだけ沸かせちゃってください」

＊

「――じゃあ、踊るんで見ててくださいね！」

次にやってきた、南校舎の踊り場にて。

「ちょっと恥ずかしいけど……頑張りますから！」

先日ＴｉｋＴｏｋでバズった二年生。

吾妻きらら先輩（本名）は、なんだかアニメっぽい声でそう言った。

はーなるほど、こういう感じの人なんだな。

オタク文化が好きそうというか、俺とも話題が合ったりしそうというか……。

意外と周りにこういう女子がいないから、俺としては新鮮だ。ちょっと友達になりたい。

そんなことを考える間にも、彼女はスマホで音楽を再生。

スピーカーから、某ボーカロイドの曲が流れ出す。

かわいらしい歌声で紡がれる、女の子の恋の応援ソング。

そして、吾妻先輩が踊り出し、

「お、おお……！」

その姿に――思わず感嘆の声を上げてしまった。

――ひらひらと翻るスカート。

――ときおりこちらに向けられるかわいいポーズ。

――笑うと口元に覗く白い八重歯。

あざとかった。

一瞬たりとも目を離せなくなるほどに――そのダンスはあざとかった！

予想外の破壊力に、周囲の有志ステージスタッフからもどよめきが上がる。

「これはこれは……」

「かわいいなーさすが」

「そりゃバズるわ……」

いやほんと、意外なほどに目が釘付けになってしまうのだった。

何だろうな……自分がかわいく見える瞬間をきっちり把握してるというか。

かなりの技術を駆使して「Ｋａｗａｉｉ」を演出してるんだけど、その努力をこちらに見せない感じ。

いいな、これ。永久に見てたい……。

試験勉強で疲れたときに無限リピートでずっと眺めてたい……。

吾妻先輩、推せる……。

なんて思っていると、

「……ッ!?」

――ふいに。

隣から、絶対零度の視線を感じた。

勘違いじゃない、質量と鋭さを持った、明白な誰かの意思――。

恐る恐る振り返ると、

「……千華に言うから」

汚物でも見るような目をこちらに向ける、五十嵐さんがいた。

「坂本が出演者のかわいい先輩に鼻の下伸ばしてたって、千華に言うから……」

「……ちょ！　やめてくれよ！」

さっそくスマホを取り出しラインを立ち上げる五十嵐さん。

それを慌てて押しとどめながら、俺は必死で申し開きをしたのだった。

「べ、別に平常心だし！　ただ、出演者さんのチェックしてただけだし！」

*

――続いて見学したバンド、OBORO月夜。ダンスチーム、FLIXIONS。

その両方ともが、高校生にしてかなりのクオリティに達していた。

俺のような素人目で見る分には、プロと大きな差があるようにも見えない。

実際、ＯＢＯＲＯ月夜は既に都内のライブハウスで活動中、ＦＬＩＸＩＯＮＳもいくつかの大会に出場したりしているらしい。

そのうえ両グループとも、ステージへのモチベーションもかなり高くて、

「――超楽しみです、新曲用意していくんで！」

「――ばっちり会場盛り上げますよ」

「――六曜くんの頼みだからねー」

「――そりゃもう、本気でいかないと！」

と、熱のこもった声で言ってくれた。

既に六曜先輩とも、信頼関係を築けている様子。

「やー、出演者チーム、さすがっすね……」

挨拶のあと、戻ってきた特別教室で。

他のスタッフが帰ったあと。俺と五十嵐さん、六曜先輩の三人でそんな話をする。

「どんな人が出てくれるんだろうとか、ちゃんと区民センター埋まる感じになるのかとか心配だったんですけど、これなら大丈夫そうっすね」

「だな、良いメンツが集まったと思う」

パソコンで何やら作業しながら、六曜先輩もうなずいた。

「出演者と会場に関しては、やれるだけのことはできたんじゃねえかな。他に若干、ミスったところもあるけど」

「ミスった？　何をですか？」

「あー、実はなあ」

尋ねる俺に、六曜先輩は髪をかき、

「宣伝に関しても色々考えてんだけど、校内放送でＣＭしようと思ってたんだよ。昼休みとか、碧天祭に向けてのラジオ番組みたいなのを始めて、そこで有志ステージのＣＭ打ちまくれないかなって」

「おお！　良いアイデアっすね！」

反射的に、大きめの声を出してしまった。

「それはかなりの生徒にステージのことを知ってもらえそう。やりましょうよ、絶対！」

天沼高校は放送委員会がある割に、なぜか昼休みの放送が行われていない。

だったら彼らに協力をしてもらって昼の時間帯に番組をやる、っていうのは、かなり宣伝効果がありそうな予感だ。

けれど……、

「……教頭が、静かに昼は食いたいんだってよ」

六曜先輩が、悔しそうに言う。

「だから、昼の放送も禁止にしてるし、宣伝番組もやらせられないって」

「ええー……」

教頭……例の戦艦ポチョムキンズが真似(まね)をしていた、東(ひがし)先生だ。

まあ確かに「昼は静かに食べたいでしょうが！」とか言いそうだけど、そんな個人の好みで生徒の活動を制限するのはどうなの……。

「全然納得いかなくて、俺も食い下がったんだけど……超ケンカになっちまって」

「え、マジすか……」

「職員室で怒鳴られて、ムカついて俺も言い返しちまって。わりいけど、昼の放送は無理っぽい」

「そっかー、ならしゃあなしっすね……」

「だからまず、宣伝はもっともっとアイデア練らないとまずいな。今んところ、知名度をガクッと上げる『これだ！』って案はないわけだし」

「じゃあ、出演者に協力してもらうのはどうですか？」

考える表情で、五十嵐(いがらし)さんが言う。

「彼らは彼らで結構発信力持ってますし。六曜(ろくよう)先輩の事情を知ったら、きっと協力してくれますよ！」

「おお、いいなそれ！」

その案に、反射的に俺はうなずく。

「みんな普通に、人気者だしな！」

彼らはネットで活動し、かなりの数のファンもついている。

そういう人たちが見に来てくれるなら、かなり心強い。

既に六曜先輩とも信頼関係を築けているっぽいし、「実は、俺の将来がかかってるんだ」と教えられたらマジで協力してくれるだろう。

やってみる価値はありそうだ。

……けれど。

「……いやーそこは押しつけられねぇよ」

六曜先輩は生真面目な顔で言う。

「ステージスタッフと同じだよ。客を集めたいのは、マジで俺個人の都合だし。あいつらには出演してもらうだけでもありがてえんだから、それ以上背負わせるのは筋違いだろ」

……あー、そういう感じなのか。

六曜先輩は、未だに『有志ステージに自分の未来がかかっている』ことをスタッフに打ち明けていない。そしてどうやらそれは、出演者に対しても同じらしい。

あくまで、自分だけの力で目標をクリアしたいようだ。

「んー、そうですかねぇ……」

微妙に納得いかない顔の五十嵐さん。

俺としても「いや、言うだけ言ってみてもいいんじゃね？」と思う。

それ以外に、宣伝のアイデアもないし。

でもなあ……そこは案外強情なんだよなあこの人。まあ、親に「自分ができるところ」を見せたいんだろうから、気持ちがわからないとは言わないけど。

「つーことで」

と、六曜先輩は話をまとめる。

「却下しちゃって申し訳ねえけど、ちょっとそれ以外の宣伝の方法を考えたい。二人には、引き続き協力してもらえると助かる！」

「了解っす！」

「はーい、考えてみますね」

「あともう一個、このメンツでやっておきたいことがあって……」

そう前置きすると、六曜先輩はにやりと笑い、

「ちょっと明日……付き合ってくれよ」

低い声で、俺たちにそう言ったのだった。

＊

「——偵察って言うから……」

翌日。文化祭実行委員会の拠点になっている教室にて。

目の前に立つ六曜先輩に、俺は思わずそうつぶやいていた。

「もっと、隠密的なやつを想像してたんですけど……」

「いやいや、別に隠れる必要ねえだろ、悪いことするわけじゃねえんだから」

こちらを振り返り、六曜先輩は堂々とした態度で言った。

「副委員長に進捗確認するのは、委員長として当然のことだろ？」

沢山の人が慌ただしく準備を進める、この教室。

碧天祭本番まで、もう一ヶ月を切っている。

各クラスの展示内容を精査し、教室の使用申請を仕分けし、各部署の進捗の確認を進める実行委員たちの間を縫って——六曜先輩は二斗の元へ向かい、

「——二斗、メインステージどんな感じになった？」

「——出演者の動画とか、見せてくれねえ？」

どストレートに、そんな風に彼女に言ったのだった。

いやまあ、確かに先輩の言う通りなんですけどね……。

別にこう、バチバチのバトルをしてるわけじゃないし、六曜先輩は碧天祭全体のリーダーだし、こういう確認をするのも当然なんだけど。

こっそり盗み見、みたいなのを想像してたから、ちょっと予想外っす……。

そして二斗も、

「ええ、ちょうどこの辺で報告しようと思ってました！」

そう言ってパソコンをこちらに向ける。

「出演者はこの三組で確定です！」

・本校吹奏楽部による演奏
・演劇部ＯＢＯＧ会による舞台
・ｎｉｔｏのライブ

ずいぶんと——シンプルなラインナップだった。

俺たちの出演者リストが賑やかになったのとは対照的に、メインステージのリストは簡素だった。

ただ……、

「うわー……」

隣の五十嵐（いがらし）さんが、そんな声を上げる。

「やっぱりそういう感じだよねえ……」

確かに……予想通り、王道に強いラインナップだった。

学校が主導して「良（い）いステージ」を作ろうとすれば、こうなるだろうなという並び。

まず、うちの高校の吹奏楽部。

確か全国大会の常連で、前にテレビの取材が来たこともあるらしい。

定期演奏会は毎年大盛況で、区内のホールで立ち見が出るレベルだって話だ。

部室にいても時々練習の音が聞こえるけれど、あからさまに各個人が上手（うま）いっぽい雰囲気をビシバシ感じる。

「ちなみに、曲はこの辺りをやるそうです」

言って、二斗（にと）はパソコンをいじり曲を再生する。

流れ出したのは——思いのほか、ポップな曲だった。

なんとなく、クラシック的な曲をやるのだとばかり思っていたけど……動画には、演奏する面々の中にドラムセットやエレキベースも見える。

しばらく聞いて、演奏しているのが某人気映画の主題歌の、吹奏楽アレンジであるのに気が付いた。

「他にも、この辺とか」

二斗が操作すると、今度は最近の流行曲の吹奏楽版が流れ出す。

安易にアレンジすればチープになりそうなものだけど、演奏の上手さと編曲の巧みさで、気恥ずかしさが全くない。

これは……盛り上がりそうだ。

お堅い音楽をやられてもぽかんとするだけだけど、自分たちが知っている曲を、ノリ良く演奏されたら聴き手も楽しいはず。

「で、この演劇部ＯＢＯＧは、初めて碧天祭に出てもらうんですが、結構プロの劇団みたいになり始めていて」

「ふむ……」

六曜先輩が、腕を組み画面に見入る。

流れ出すのは、彼らが最近行った公演の映像らしい。

どこかの劇場で演じられている、現代を舞台とした演劇――。

実はこれも、校内では有名なグループだった。

最初はＯＢＯＧ会として発足したものの、試しに上演したオリジナルの演劇がウケて、継続して活動するようになったらしい。

時々母校である天沼高校にも来て、宣伝のビラや招待券を置いていってくれる。

そしてそのクオリティも——すごいものだった。

画面越しにも伝わるお芝居の迫力。舞台上の大道具や照明にもこだわりを感じられて、ぱっと見はただの「ＯＢＯＧ会」には見えない。

「で、最後にわたしですね！　動画はもう、見たことありますよね」

薄く笑って、二斗は言った。

「自分はトップバッターで出ますって言ったんですが、残りの二組からトリを任すって言われて。僭越ながらやらせてもらうことにしました」

——ｎｉｔｏのステージ。

もちろん、俺たちはその威力を知っている。

ネットの音楽シーンを騒がせる新星。

そこからさらに羽ばたき、日本全体に曲を届けようとしている彼女。

それほど音楽を聴かない俺でさえ、その楽曲や歌声には何度も耳を奪われてきた。

「……なるほどなー」

パソコンから顔を上げ、六曜先輩がｎｉｔｏに笑ってみせる。

「ありがとな、報告。順調そうで、ほっとしたよ」

「ええ、今のところ問題なく進んでますね！」

二斗も含むところのない笑顔でうなずいた。

「そっちはどうですか？　有志ステージ、会場が変わったりで大変じゃないですか？」

「おう、なんとかって感じ。色々引っかかる部分はあるけど」

「楽しみにしてますよ、どんな風になるか」

傍目には——ごく普通のやりとりだった。

先輩と後輩の、実行委員長と副実行委員長の業務上のやりとり。

この二人の戦いが一人の人生を左右することになるなんて、微塵も感じさせない静かさ。

けれど——焦っていた。

二人の後ろで、俺は焦りを覚え始めていた。

メインステージ、強力な出演者が出るのはわかっていた。

そう簡単に勝てないのもわかっていた。

けれど……強い。

お互いの出演者、両方を見て改めて理解する。

シンプルに、メインステージの出演者はあまりにレベルが高い。

そして、思ってしまう。

このままじゃ……勝てないと。

このままただ順調に準備が進めば、有志ステージがメインステージに勝つことはないと。

……どうすりゃいい？

どうすれば、ここからこんな出演者たちよりも人を集めることができるんだ……？

「……巡も、頑張ってね」

焦る俺に、二斗が小さく言った。

「準備、大変だろうけど。わたしも、応援してるから」

「……おう」

焦った頭のまま、うなずいてそちらを見る。

いつものように、二斗は余裕の表情で俺たちを見ていた。

好奇心旺盛そうな目に、口元が描くカーブ。

頬には淡い桃色が浮かび、髪には鮮やかなインナーカラーが覗いている。

……本当に、こいつはいつも通りだな。

思わず、俺は苦笑してしまう。

バタバタ働く周囲の中で、一人だけ平然とした態度を保っている。

自分よりも年上も多いだろう中で、ここまで落ち着き払っているその度胸。

二斗らしいと思うし、こういうところを魅力的だとも思う。けれど、「ステージで勝たなければいけない」身としては、その堂々としたところがちょっと空恐ろしい。

そして、

「……」

ほんの少し。少しだけ……違和感も覚えた。

何だろう……なんだか、壁がある感じ。

どこか表情にも、こわばったところがあるような……。

普段の親しさが薄まって、俺との間に距離がある感覚……。

……気のせいだろうか？

俺が勝手に、二斗を遠く感じているだけだろうか。

そんな彼女をじっくり眺める前に、

「――よし、行くぞ！」

六曜先輩が、言って俺たちの背中を叩く。

「状況は把握できた！　この先に向けて、作戦練りに戻るぞ！」

「は、はい……！」

からっとしたその口調に気持ちを救われつつ、俺と五十嵐さんも彼に続いて、その敵地の中心から撤退したのだった。

＊

「――ふぁーん、どうすっかなー！」

戻ってきた、二年半後の未来。真琴と二人の、天文同好会の部室にて。

ノートに向かい、俺はガシガシと頭をかいていた。

「普通に考えたらボロ負けだわ……少数のＳＳＲで構成されたチームに、Ｒのキャラかき集めて戦い挑むようなもんだわ」

「あー、余裕で負けるやつですね、それ」

ゲームでもやっているのか、Ｖの配信でも見ているのか。

スマホを横持ちした真琴が、金色の髪を揺らして言う。

「なんなら、ＳＳＲ一体にこっちは全滅させられるやつですね。せめて手持ちがＳＲだったらなんとかなるかもしれませんけど」

「だよなあ……」

先日のメインステージ偵察を経て。

完全に行き詰まってしまった俺は……なんとなく、未来に来て一人作戦を練っていた。

いやほら、漫画家とかも、自宅作業に詰まったら外に行くとかいいますし……。

場所を変えればなんか良いアイデアが思い付くかなと……。

あと、過去の時間を無為に浪費しちゃうのも不安だった。あっちの世界では、考えている間にもタイムリミットである碧天祭の日が近づいて来ちゃう。

だとしたら……こっちで。

二年半後の世界で考えれば、タイムロスもしないで済むわけだ。

ということで、俺は真琴に付き合ってもらいつつ、こうして『打倒メインステージ！　有志ステージ改革案』を練っているのだった。

「ふう……」

ため息をつき、俺はノートにまとめた現状を再確認する。


【使用会場】
・メインステージ——天沼高校第一体育館
・有志ステージ——区民センター併設体育館
↓第一体育館の方が若干広い。ただ、有志ステージは出演者数が多いので、少人数が何度も入れ替わる形になりそう。ここは引き分けって感じか

【出演者】

・メインステージ
天沼高校吹奏楽部
天沼高校演劇部ＯＢＯＧ会
ｎｉｔｏ

・有志ステージ
戦艦ポチョムキンズ（コント）
吾妻きらら先輩（ダンス）
ＯＢＯＲＯ月夜（バンド）
ＦＬＩＸＩＯＮＳ（ダンス）
その他有志チーム（調整中）

↓有志ステージも魅力的な出演者が揃っているが、規模感、知名度、クオリティの面で見劣りすると思われるかも

【宣伝】

↓メインステージが碧天祭の広告全てに入るのに対し、有志ステージは物量が不足している。

とにかく目に触れる機会を作らないと

「――うーん……」

こうして見ると、メインステージに離されているのは「出演者」「宣伝」の二点だ。

つまり、ソフト面はほぼ全体的にメインステージに負けてる、って感じだろう。

宣伝に関しては、ここから色々働きかける予定だ。

電算部が碧天祭に向けてポータルサイトを作っているらしいし、配信なんかもできる仕組みを整えるらしいから、そこに乗っからせてもらう。

ウェブに強い出演者もいるから、そういう人たちにもちょっと力を貸してもらう予定だ。もちろん、六曜先輩の事情は伏せたままで。

ただ……出演者。

「ここがなあ……」

呻きながら、俺は頭を抱えてしまう。

「これから、どうしていくか……」

そもそも、現状集まった出演者も十分すごいんだ。

これが他の高校のメインステージに出たら、死ぬほど盛り上がると思う。

俺自身、彼らのパフォーマンスは全部見たけど、マジでよかった。

こんな人たちに出てもらえるのがうれしい、ってくらいだ。

だから……、

「てこ入れとかは、したくねえんだよなあ……」

頭を抱え、俺はつぶやく。

「あの人たちを……メインステージに負けてるとか、言いたくねえんだよなあ……」

その辺が、複雑なところだった。

シンプルに、彼らのパフォーマンスが好きなんだ。

なのにそれを、吹奏楽部や演劇部ＯＢＯＧやｎｉｔｏと比べて「足りない」みたいに言うことにかなりの抵抗がある。

そのままで、彼らの望むままのパフォーマンスをして、メインステージに勝ちたい。

それが――俺の一番の望みだった。

とはいえ……現実問題、多分観客に「すげえ」って言われるのはメインステージで。

お客を集めやすいのも間違いなくメインの方で。

「だったら……どうするか。どうやれば、メインに勝てるんだろ……」

「――先輩」

ふいに——真琴がそんな声を上げた。

「最初の高校生活って」

「……ん?」

「わたしたちの、一度目の高校生活って」

脈絡のない、突然の話題。

これまで話したことのほとんどなかった、一度目のこと。

「よく二人でこうして過ごしましたよね」

「……あ、ああ。そうだったな」

「何をするでもなく部室に集まって。話をするわけでもなく各自好きなことをして」

「うん、そんな感じだった……」

少しややこしいけれど——真琴の中には、二つ記憶がある。

まずは俺にとって、一度目の高校生活の記憶。

目の前にいる真琴も基本その記憶を『自分の過去』として認識している。

ただ、俺が彼女の目の前で時間移動した結果——そこに、改変後の『新たな過去の記憶』が追加で植え付けられることになった。つまり真琴には『一度目の高校生活』の記憶と『今に至る高校生活』の記憶の、二つがあることになる。

もちろん、俺が過去での行動を変える度に、未来は何度も変動してきた。

その度に、数え切れないほどの『あったかもしれない高校生活』が生まれたはずだ。

ただ、真琴が覚えているのは『一度目の高校生活』と『今いる「現在」に至った過去』のみだけ。何度も変動している過去の記憶の、全てが残っているわけではないようだった。

この辺、前に真琴のことがちょっと心配になって確認したんだよなあ……。

頭いっぱいになって混乱しちゃわないかーとか、おかしくなっちゃわないかとか不安になっちゃって。ひとまず、本人的には「不思議な感じ」くらいで収まってるらしくてほっとした。

というわけで、今、真琴の頭にあるのは。

『一度目の高校生活』の記憶。『文化祭で六曜先輩が敗北した高校生活』の記憶。

この二つのはずだ——。

「この時間軸の過去では、それほどではなかったですけど……」

真琴は、視線を落としそんな風に続ける。

「五十嵐先輩と六曜先輩はいましたし、二人で時間を無駄に、って感じではなかったですけど……」

——五十嵐先輩と六曜先輩はいた。

そうだ……この時間軸で、二斗は天文同好会に来なくなる。

前に、『現在』の六曜先輩が教えてくれた。

文化祭のあと、二斗は同好会に来なくなったのだと。

俺とも別れて、関係が途切れてしまったのだと――。

「……わたしは」

と、真琴は視線をスマホに落としたままで。

ぽつりと、つぶやくようにこう言う。

「こういうのが……一番好きでした」

「……そっか」

「ただぼんやり、先輩と部室にいるのが居心地よかったんです……」

――誰かと部室にいる時間。

特に何をするでもなく、過ぎていく毎日を共有した記憶。

確かにそれは、大事なものになるのかもしれない。

上手くいかないことがあっても、辛いことや悲しいことがあっても、そういう時間は記憶に残って、大切なものになっていくのかもしれない。

だから、

「じゃあさ」

と、思い立って声を上げた。

そして、不思議そうにこちらを見る真琴に、

「また二年半前に戻っても、たまにはこういう時間を作るようにするよ」

俺はそう言う。

「一度目みたいに、一緒の時間を過ごせるようにする」

……もしかしたら、寂しい思いをさせてしまったかもしれない。

一度目の高校生活からこんな風に過去が書き換わり、真琴は真琴なりに思うところがあったのかも。

だとしたら……おろそかにはしたくないと思った。

こいつは、俺の大事な友達だ。真琴と過ごす日々だって、きちんと大切にしたい。

「……そう、ですか」

——ふわり、と。真琴の表情が緩んだ気がした。

いつもどこか気だるげな表情をした、愛想のよくない俺の後輩。

減らず口ばっかりでかわいくない、大切な親友。

そんな彼女が口元を緩め、目を細め、小さく笑っている。

そして、

「……ありがと」

素朴な声でそう言う彼女。

「うれしいです」

その周囲に、光の粒子が拡散した気がした。

初めて見る表情に、俺は思わずドキリとしてしまう。

「どういたしまして……」

小さく動揺しながらそう返して、俺はふと気付いた。

そうか……だからこそ真琴(まこと)は、中学時代の自分に全てを明かすように、俺に勧めたのかも。

俺と真琴(まこと)の時間が、少しでも減らないよう。一度目の高校生活のように、親友でいられるように。

俺はもう一度、手元のノートに目をやった。

時間移動が始まったときに買った、計画を書き込んだノート。

あの頃から変わったものも、変わらないものも山ほどあった。

その一つ一つを、大事にしたいと思う。全ての変化に、きっと意味がある。

だとしたら、それを見落としたくない。それが俺の人生で、俺の友人たちの人生なんだと思うから。

そして——、

「……そうだ」

——思い付いた。

この状況を、全く別の方向から変えられるかもしれない。

そんなアイデアを——思い付いたのだった。

「あいつが……二斗が変われるかも、しれないんだ」

＊

「——ごめんな、忙しいときに……」

天文同好会部室、その隣にある小さな準備室。

その床に腰掛け、俺はまずそう言った。

「でも、最近二人で話せてなかったから。ちょっと、時間欲しいなと思って」

「ううん、大丈夫だよ」

すぐそばの、古い机に腰掛け。

二斗は裸足の足をぶらぶらしてみせる。

「ちょうど仕事、一段落したところだったし。休憩したいなと思ってたから」

目の前を横切る、鮮やかな水色のペディキュア。

窓から差し込む暖色の光にそれが映えて、なんだか懐かしい気分になる。

「巡も、結構忙しいんじゃないの？」

「だなー、準備のためにやること山ほどあるし」

「えーじゃあ大丈夫？　こんなことしてて」

「なんとかなるだろ、六曜先輩も五十嵐さんもいるし」

「人任せじゃん。ほんとにいいのかなー」

いつものように、軽い口調でそんなことを言い合う。

普段と変わらない二斗の表情、声に混じった華やかなトーン。

けれど……どこかやっぱり壁を感じるのは。この間偵察に行ったときのように、かすかな距離を感じるのは……俺の錯覚だろうか。

『勝たなきゃいけない』という、小さな焦りのせいなんだろうか。

短く会話が途切れて、俺はそのタイミングで切り出した。

「……ステージの件さ」

「やっぱり……二斗、結構気にしてるだろ？　六曜先輩のこと」

「……そうだね」

足をぶらぶらさせたまま、二斗はあっさりそう認める。

「もう、何が起きるかは巡も知ってるんだ。この碧天祭で、先輩がどうなるか」

「うん。ちょっと前に確認してきた」

「そっかー」

二斗の口調は——あくまで軽いままだ。

だからこそ、俺は彼女が身構えているのをはっきり感じ取る。

きっと二斗は本心を押し隠して、自分の気持ちを胸の内にしまったままで、その顔に笑みを貼り付けている。

実際は——酷い罪悪感を覚えているのに。

これから六曜先輩を傷つける自分を、許すことができていないのに。

なら俺は——一つの本心を。

ここ最近の俺自身の行動とは真逆の考えを、二斗に伝えたいと思う。

「やっちゃってもいいんじゃね？」

そこで、ようやく二斗はまっすぐ俺を見た。

「六曜先輩……ボコボコに倒しちゃってもいいんじゃね？」

そう——俺は、二斗にこう言いたかった。

このあと二斗は先輩に勝つかもしれない。

その結果、人生を狂わせてしまうかもしれない。

けど、それでいいんじゃないかと。

気に病むことなんて、俺たちから離れることなんてないんじゃないかと。

「……なんで？」

そう言う二斗の声は、あくまで冷静だ。

「よくはないでしょ。そもそも坂本だって、そうさせないために頑張ってるんでしょ」

「それはそうだよ」

まずははっきり、そう認める。

「俺は天文同好会の全員が、笑っててほしい。できればずっと仲良くしててほしい。だからこんなに必死になってる」

「やっぱりそうじゃん」

「でも……」

と、そう前置きして唾を飲み込んでから、

「六曜先輩がどうなろうと……二斗に責任はないだろ」

彼女の顔を見上げ、俺は言う。

「俺が見た未来で、確かにあの人は暗い毎日を過ごしてるっぽかった。そのきっかけは、碧天祭で二斗に負けたことだったかもしれない」

「……うん」

「でも……どうなるかは、あくまで六曜先輩の問題だ」

沈んだ表情でうなずく二斗に、俺はそう続ける。

「二斗は、先輩を傷つけようとしてメインステージを頑張ったわけじゃない。あくまで自分や周囲のために、必死でやっただけだろ？」

「……そうだね」

「それは誰から責められることじゃないだろ。むしろ、六曜先輩にだって、責めることはできないはず。確かに、先輩は辛い思いをするかもしれないけど、あくまでそれは本人の問題だろ。厳しい言い方をすれば、六曜先輩自身の責任だ」

我ながら、きついことを言っているのは理解している。

六曜先輩は——本当に傷ついたんだろう。

二斗との圧倒的な差を前に、心を完全に折られてしまった。

タフなあの人でさえそうなんだから、他の人が同じ立場になったらもっと酷いことになるのかもしれない。

……けれど。

俺もかつて……二斗を前に、無為な高校生活を過ごしてしまったからわかる。

彼女と別れ、真琴と無駄な日々を過ごしてしまったから、はっきり言い切れる。

それは——自分の責任だ。

他の誰が悪いわけでもなく、結局そうなった責任を負えるのは、自分だけなんだ。

そして、おそらく六曜先輩もそれをわかっている。

二年半後の先輩は……一言だって、二斗を悪く言わなかった。

「だから先輩がそうなっても、二斗のせいじゃない」

はっきりと――俺は彼女に言い切る。

「二斗が気に病むことなんてないんだよ」

じっと俺を見ている二斗。

きゅっと閉じられた薄い唇。眉間にかすかに力がこもっている。

そして俺は――一度肩の力を抜くと、

「……これまで通りでいようぜ」

そう言って、二斗に笑ってみせた。

「もし二斗が派手に勝って、六曜先輩が落ち込むとしても……これまで通りでいよう。そばにいれば、きっと関係だって変わってくるだろうからさ――」

――そばにいれば。

今回の問題を解決したいなら――そんな手段もあるはずなんだ。

二斗がそのステージで本気を出すのは、変えられない。

メインステージと有志ステージに差があるのも明らか。

だとしたら、その先で問題を解決すればいいんじゃないか。六曜先輩が負けるとしても……立ち直れる未来を探れればいいんじゃないか、そう思ったのだ。

そうすれば、きっと二斗のダメージも小さなもので収まる。

そのあとも部室で一緒にいれば、完全に立ち直ることさえできるかもしれない――。

……メインステージに勝つことばかり考えていたけれど。

有志ステージを必死に盛り上げることばかり考えていたけれど、そういう解決方法だってあるはず。これが今、俺たちのたどり着ける最善の回答な気がしていた。

「……そっか」

ふっと息を吐き、二斗は爪先に視線を落とした。

水色のペディキュアが、ゆらゆらと揺れている。

「これまで通り……ずっとそばに……」

ゆっくりと噛んで飲み下していくような、その口調。

はっきりと、その言葉が響いたのを実感する。

俺の考えが、二斗に伝わっている。彼女の中で、何かが変わっていく——。

そして、

「……そういう考え方も、ありなのかもね」

そう言って……二斗は俺にほほえんでみせた。

「今回のことはあくまで今回のことで、これからもみんなと友達でいる……うん。そういうのも、ありかも」

「だろ？」

「確かに、そばにいる方が先輩にとってもいいかもしれないしね。変に離れちゃったから、彼の中で気持ちの行き場がなくなったのかもしれないし」

「うん、だと思う。そのあとも二斗が近くにいれば、また全然違っただろ」

「かもね。そうかも、あはは……」

そう言って、軽やかに笑う二斗。

……よかった。これでもう、大丈夫そうだな。

六曜先輩が勝とうが負けようが、二斗は部室を離れない。

そうなれば、未来なんていくらでも変えられるわけで……だったら、あとは純粋に碧天祭でぶつかり合えばいい。

本気で戦うことに、集中してしまえばいいんだ。

そうなると、なんだか俺もわくわくしてきて。これまでの「追い詰められた戦いの苦しさ」も、「ハードモードのゲームをやってる楽しさ」に変わった気がして、視界がグッと開けた感覚で——、

「——でもダメ」


——二斗の声が響いた。

「わたしは、そんな風にできない」

「……は？」

予想もしていなかった展開に——呆けてしまった。

「でき、ない？　どうして……？」

我ながらマヌケな声で尋ねる。

「ダメ？　なんで……？」

完全に、話がまとまる流れだと思っていた。

俺の言葉が、二斗の気持ちを変えられたんだと思っていた。

なのに、どうして……。

そんなタイミングで——校舎にチャイムが響いた。

見れば、窓の外では日が大きく傾いている。

「……場所、うつそうか」

二斗がそう言って、机の上からぴょんと飛び降りる。

「もう少しだけ、話そう」

「……おう」

うなずいて、俺も立ち上がる。

そして、酷く動揺したまま鞄を持つと、彼女と二人で校舎を出たのだった——。

＊

やってきたのは——公園だった。

いつかも二人で来た、彼女の実家近くの公園。

その日と同じベンチに座りながら、

「——前にも、ここでちょっと話したよね」

軽い口調のままで、二斗は言う。

「いつも人を傷つけちゃう。ケンカしたり、嫌な思いさせたりして、相手のことめちゃくちゃにしちゃうって……」

「……そう、だったな」

あの日のことを思い出しながら、俺はうなずいた。

あれは確か一学期、天文同好会の存続のために必死で、皆で動画を作っていたときの話。

「——わたし、こんなことばっかりなの……」

「——きっとまた、傷つけるんだ。みんなを台無しにしちゃうんだ……。だったら、わたし……もう、わたしは……」

震える声で、そう言っていた二斗。

あのときの彼女の表情を、こぼした涙を、今でも俺は鮮明に思い出せる。

そして……それだけじゃない。

五十嵐さんの一件があった頃も、お互いの時間移動とループを明かしたときも、彼女は話してくれた。


「──わたし、全部めちゃくちゃにしちゃうんだあ」

「──何度やり直しても、大切なものを傷つけちゃう。台無しにしちゃうんだよ……」


二斗は──そんな自分を酷く責めている。

今でも彼女は、自分をどうしても許せないでいる。

そして二斗は、

「……音楽を作り始めたとき、生きていけると思った」

そんな風に、ぽつりとつぶやく。

「なんだか苦しい毎日の中で、ようやく本気で好きなものを見つけられた。明るくなれたの。それまでの明るい振りじゃなくて、本当に幸せに暮らせるようになった……」

「うん……」

そうだった。

かつて二斗は、周囲から憧れられる「正義の女の子」だった。

幼少期の五十嵐さんが心酔するような、アニメに出てくるような「正しい子」。

けれど二斗自身は、「そういう振り」をしているだけで——そんなとき出会ったのが、音楽だった。

それが、彼女の全てを変えた……。

「けど……わたしがそれに夢中になるほど、周りのみんなが不幸になる。なんでかはわからないよ。なのに、どうしても人を傷つけちゃう……」

「……そう、それが！」

暗い顔の二斗に、俺は主張する。

「二斗のせいじゃないって言いたいんだよ！　何も二斗は、悪いことしてないだろ！」

二斗はただ、必死で生き延びようとしただけ。

自分には音楽が必要で、それを精一杯作ろうとしているだけ。

結果周囲が不幸になるとしても——二斗に責任はない。

二斗がそれを、背負い込む必要なんてないんだ——。

「だから、きっとみんな許してくれるよ！」

彼女の手を握り、俺は主張する。

「五十嵐さんだって許してくれるし、六曜先輩だってそうだ！　だから、そんなに自分を追い詰めるなよ……」

「……それがダメなの」

けれど、二斗は頑なに首を振る。

「わたしが、そんなわたしを許せない」

酷く震える声だった。今にも崩れ落ちそうに、不安定な声だった。

その切実さに、反射的に口をつぐむ。

公園の前を、一台のバイクがエンジン音とともに走り抜けていった。

「ていうか、巡が一番許しちゃダメ」

自分を奮い立たせるように二斗は続ける。

風が吹いて、彼女の髪を短く揺らす。

そして、

「だって」

二斗は顔を上げ——続けた。

「わたしが一番変えちゃうのが——巡だから」

──酷く悲しそうな笑みだった。

──今にも全てがあふれ出しそうな、苦しげな表情だった。

「……は？」

「萌寧も六曜先輩も、確かに変えちゃうよ。でも、わたしが一番人生を狂わせちゃうのが……巡なの」

「……」

完全に、言葉を失った。

二斗が、一番変えたのが俺……？

俺の人生が、二斗に狂わされる……？

どういう、ことだ？

わからない、すぐにはその言葉の意味を飲み込めない。

「巡は、本当はすごい人なの」

俺の手を握ったままで、二斗は言う。

「自分ではあんまりわかってないでしょ？　実感もないでしょ？　でも、本当にすごいんだよ。なのに、わたしがそれをダメにしちゃう。おかしくしちゃうんだよ……」

一度目の高校生活を思い出す。

確かに俺は、しょうもない過ごし方で高校三年間を終えてしまった。

ゲームをしたり漫画を読んだりで、無為に過ぎていく日々。

真琴と無限に溶かしていった、十代の貴重な時間たち——。

二斗はそれを……自分のせいだって、言いたいのか？

二斗のせいで、俺がそんな毎日を過ごしたって思っているのか……？

わからない。いまいちその言葉に実感を覚えられない。

それに……もしその通りだとしたら。俺がすごいやつなんだとしたら、一体何ができるはずだったっていうんだろう。

かつて、ループの中で二斗が見た俺。

それは一体どんな俺で……一体、どんな高校生活を過ごしていたんだろう。

けれど、そんな疑問をよそに、

「だから……本当はこういうのも、よくないのかもしれないね」

言って、二斗は笑う。

そして——、

「——いなくなるべきなのかも」

——二斗は、そう言った。

「本当はわたし、あなたの前からいなくなるべきなのかも」

いなくなるべき。
いつか二斗が辿る『失踪』という結末。
そこに続くであろう、二斗のセリフ。
頭が真っ白になるのを感じながら。心臓が、酷く高鳴るのを感じながら。
……あれ？
俺は——気付く。
二斗が、そんな風に思うってことは……。
俺を狂わせるから、いなくなるべきって思うなら……。
二斗の失踪の元凶……。
もしかして……俺じゃね？

【幕間三】

「——どうするかな……」

学校からの帰り道。

暗くなった通りを、チャリで走りながら。

俺は一人、小さくつぶやいた。

「当日まで、あと二週間ちょい……正直、ちときついな……」

——文化祭実行委員長。

——有志ステージ運営担当。

その二足のわらじは、ここまで問題なくこなせたと思う。

どちらも進行は問題なし、これまでなかった盛り上がりを作り出せるんじゃないかという自負もある。

それでも、

「……このままじゃ、勝てねえ」

有志ステージで、メインステージに勝つという課題。

ゴールが少しずつ近づいて来て、俺は明白に焦(あせ)り始めている。

出演者もスタッフも、精一杯以上に頑張ってくれている。個人的な不満は一切ない。

それでも、

「メインとの差は……明白だよな」

その事実を、この間の偵察で痛感した。

巡(めぐり)も萌寧(もね)も、きっと同じ感想だろう。

じゃあ――どうするか。ここからどうやって、メインステージに食らい付くか。

「……まあでも、簡単な話か」

考えてみて、すぐに俺は答えにたどり着く。

「俺が、努力すればいいだけだな。才能なんて越えられるだけの努力を……あのときみたいに……」

小さく声を上げながら、俺は思い出す。

――才能。

それを初めて感じたときのこと。

あれは、小学校四年生の頃だった。

体育の五十メートル走、それまで学年で一位だった俺を、転校生の竹下(たけした)が抜いた。

当時、俺のタイムは確か８・５秒。
竹下は、８・０秒で、大差を付けられて俺は負けた。
その差は——衝撃だった。
俺だけじゃない、学年全体が驚いていた。
そんなに速く走れるものなのかと。
竹下くんは天才かもしれないと、先生までが褒めそやした。
けれど……俺は負けたくなかった。
０・５秒というあまりに大きな差を、どうしても埋めたいと思った。
そこから、俺の初めての『努力』が始まった。
ＹｏｕＴｕｂｅで速く走るための動画を漁り、本を読んで練習を繰り返した。
親に頼んでタイムを何度も計ってもらいながら、少しずつ竹下に近づいていった。
そして——もう少しで五年生になる、という頃。
俺はついに７・９秒というタイムをたたき出し、竹下を抜き去った。

その経験が——俺の全てを変えた。

努力をすれば、夢は叶う。

本気を出して頑張れば、できないことはきっと何もない——。

あのとき覚えた達成感が、俺の全ての原動力になった。

だからこそ、俺はここまでひたすら努力を重ねてきたんだ。

勉強を精一杯やって、地域で一番の進学校である天沼(あまぬま)高校に入学した。成績だって学年ナンバーワン。狙っている国立大学にも、このままいけば受かると思う。

運動だって身だしなみだって、内申点だって同じだ。

努力をすれば、それに見合っただけ結果が付いてくる。

才能なんて——努力の前には、大きな問題にならない。

それが、俺の曲げたくない信念で、俺を支え、これからも俺を導いてくれる一つの『真理』だ。


——だから。


と、俺は頭痛に耐えながら自分に課す。

ここで、努力の手を緩めるわけにはいかない。

二斗(にと)と俺の間には、今も大きな開きがある。

はっきり言って、桁違いだ。クオリティも覚悟も、持って生まれたものも全く違う。

言ってしまえば——住んでいる世界が、違うんだと思う。

あのときの、努力をする前の俺と竹下の違いのように。

だとしたら、もっともっと努力をしなきゃいけない。

あいつに追いつき追い越すまで、もっともっと負荷を——、

第四話 chapter4

【俺と不良と校庭で】

「……あのさー」

「……ん？」

「坂本、何聞いても『別に』とか『普段通り』とか言うけどさ……」

そう前置きすると、五十嵐さんは深くため息をつく。

そして、くわっと目を見開き――、

「さすがにそれで……『何もない』は無理があるでしょ！」

――叫ぶようにそう言った。

「ため息連発で顔もどんよりで、何もないわけないでしょ！」

碧天祭当日まで、あと二週間。

準備期間も佳境に入り、校内がざわつき始めている、とある放課後。

有志ステージで使う機材のレンタル品を、とりまとめている最中のことだった。

「そう……かな」

視線を落とし、俺はつぶやく。

確かに……五十嵐さんの言う通りなのかもしれない。

テンションは最底辺、というかガン凹み。

背中は丸まってる自覚があるし、声のトーンが低くなってるのもわかる。

これで『普段通り』は確かに無理があるのかもしれない。

「……言えばいいじゃない」

ふっと息を吐き、五十嵐さんは言う。

「わたしじゃ頼りにならないかもしれないけど……できるだけ、頑張って話聞くから」

あくまでさりげない様子で、彼女はそう続ける。

その表情には、純粋に心配の色が滲んでいて。

本気で俺のことを案じてくれているのがはっきりわかって、

「……ありがと」

俺は素直に礼を言った。

「優しいよな、五十嵐さん……」

「は？　違うし。そんなテンションでいられるのがダルいだけだし。最近ミスばっかで、マジ迷惑だし……」

あくまで厳しい顔を貫いている五十嵐さん。

それでもこちらをちらちら見る目が、彼女の本心を雄弁に語っている。

確かに――彼女に話せればどれだけいいだろうと思う。

今……自分はめちゃくちゃ凹んでいる。

それを明かせれば、どれだけ楽になれるだろう……。

それでも、

「まあでも……本当に、大したことじゃないから」

笑顔を作ってみせると、俺は仕事の続きに取りかかる。

「心配させたならごめん。でも、大丈夫だから」

「……はぁ」

あきらめたような顔で、資料の確認に戻る五十嵐さん。

明らかに納得していない顔だけど、仕方がない。

言えるはずがないんだ。どうして俺が、こんな風になってるかなんて。

――俺のせいで、二斗が失踪することになるなんて。

……もちろん、その予想が確定になったわけじゃない。

はっきり二斗にそう言われたわけじゃないし、本人は二年半後、自分が失踪すること自体知らないかもしれない。俺の勝手な思い込みの可能性もある。

でも――はっきりと、予感がある。

二斗がいなくなったのは……俺の存在が、大きく関係がある。

これまで天文同好会を存続させるのに成功し、五十嵐さんの仲も取り持ってきた。

六曜先輩との勝負の行方にも、関わろうと思っている。

けれど……それに負けないほど。

あるいは、そっちこそが本題と言えるほどに、俺のあり方が二斗の未来を決めた。

つまり――、

――俺が、台無しにしたのかもしれない。
二斗という天才を――俺みたいな凡才が、潰したのかもしれない。

俺を心配をしてくれるのは、五十嵐さんだけじゃなかった。

「――よーし、通しの手順確認いくぞー」

特別教室の扉が開き、六曜先輩が言う。

「出演者、もう会場に集まってくれてるから。みんななる早で！」

「へーい」

方々から声が上がって、有志ステージスタッフたちが移動を始める。

今日は六曜先輩の言う通り、本番の動きの手順確認をする予定だ。

有志ステージは様々な出演者を集めたこともあり、それぞれに必要なもの、照明や音響の注意点などが大きく異なる。

そんなステージ運営が本番当日で混乱しないよう、実際に出演者全員を集めて、通して流れを確認してみるのだ。

俺も椅子を立ち、六曜先輩の方へ向かう。

微妙につまずきかけながらドアをくぐろうとしたところで、

「……おい大丈夫かよ、巡」

六曜先輩にも、気遣わしげに声をかけられた。

「いよいよしんどそうじゃねえか、どうしたんだよマジで……」

この人も、心配してくれていた。

二斗の話があったその翌日、誰よりも先に俺の変化に気付いたのが六曜先輩だった。

以来毎日俺に声をかけ、様子を窺ってくれるのだけど……もちろん、この人にも事情は明かせない。

「大丈夫っす」

それだけ言って、俺は廊下に出て歩き始める。

「すいません、気を遣わせて」

「……んー」

ドアの鍵を閉め、俺の横を歩き出しながら六曜先輩は苦笑した。

そして、あくまでいつものからっと明るい声で、

「お前……そういう嘘、上手い方じゃないんだからさ」

諭すような、けれど押しつけがましくない口調でそう言った。

「気持ち隠したりごまかしたり、そういうのぶっちゃけ下手だから。普通にわかるんだよ、そばで見てれば」

……そう、なのかもしれない。

二斗(にと)や真琴(まこと)、五十嵐(いがらし)さんや六曜(ろくよう)先輩に比べて、俺は「大丈夫な振り」が上手(うま)くない。

そこは素直に、悔しいし申し訳ない。

「だからまあ」

と、先輩は一度俺の背中をポンと叩(たた)き、

「いよいよどうにもならなくなる前に、俺にちゃんと話せよ」

その言葉に——どう返せばいいのかわからなくて。

自分の情けないふがいなさに、俺は小さく息をついたのだった。

＊

「——あーやべ、ここ大道具はけないとなのか！」

「——コントとバンドの並びは危ないですね……」

通しの手順確認は、順調に進んでいた。

こちらからスカウトした五組と、有志で参加することになった四組の出演者。

彼らに組んでみた通りの順番でステージに上がってもらい、一通りパフォーマンス。

次の出演者への入れ替えを、順番に試していく。

やっぱり、予想外な出来事は多々起こるものだった。

前の出演者の使ったものがステージに置かれたままになったり、マイクを使う使わないで混乱が起きたり。

最初は、ここまで綿密にやらなくてもいいんじゃ……？　なんて思ったけれど。

「よかったなー、これやっといて」

六曜(ろくよう)先輩が、こちらを振り返り笑う。

「ぶっつけ本番でこんなトラブル起きたら、さすがに崩壊してたかもしれん」

確かに……。

当日、本番の混乱の中でここまで事故が多発してたら、有志ステージの運営自体が崩壊してたかも。先輩の言う通り、きちんと手順を踏んで正解だった。

それから、わかったことはもう一つあって、

「ていうか、こんな感じになるんだね……」

客席の辺りからステージを見上げつつ、五十嵐(いがらし)さんがこぼすように言う。

「本番、こういう感じかあ……」

彼女の言う通り——なんとなく、イメージができた。

出演者たちは、本気ではないだろうものの一通り演目を実践してくれている。

ここから本番まで十日以上あるわけで、まだまだブラッシュアップもされるだろう。

とはいえ……大まかな完成形、当日の雰囲気が現段階で想像できた。

だからこそ、

「……んー……」

五十嵐(いがらし)さんが、なんだか渋いうなり声を上げる。

「これで……メインステージと戦うのかあ」

彼女の前で、腕を組んでいる六曜(ろくよう)先輩。

返事こそしなけれど、彼も同じ焦(あせ)りを覚えているのは間違いなさそうだった。

——決して、ステージのクオリティが低いわけではない。

さっき見たコントも、ダンスグループのパフォーマンスも、吾妻(あづま)きらら先輩のダンスも魅力的だ。有志グループも、思いのほか良(い)いステージを見せてくれそうだった。

ただ……、

「あーやっべ、ブルースドライバー持ってくんの忘れた」

「マジか、じゃあ他の歪(ひず)みで一旦代用するか」

「まーそうだなー」

そう言い合っている、ステージ上のバンドメンバーたち。

和やかに笑い合う、その表情……。

……緩いのだ。

メインのステージじゃない、という気楽さからか。

あくまで文化祭のいち出し物でしかないという立ち位置からか、出演者たちの雰囲気がなんだかぬるいのだ。

もちろん、今日は本番でも何でもない。

リハーサルですらなく、通しの手順確認でしかない。

碧天祭当日は、もっと張り詰めた空気になるのも間違いないと思う。

けれど、

『──なー春樹ー』

ステージ上に立つ、バンドのボーカル。

彼がマイク越しに、客席の六曜先輩に声をかけ、

『今思い付いたんだけど、当日カバー曲やるのとかあり？　オリジナルより、人気曲やる方が盛り上がりそうじゃね？』

「あー、全然ありだよ。ＰＡとか楽器とか大きく変わらなければ」

『お、マジか。じゃあ考えるわー』

全体に……やりとりにも関係性にも緊張感はなくて。

少なくとも『六曜先輩の人生がかかっている』のにふさわしい空気感だとは思えなくて。

「……これじゃ、きつくない？」

五十嵐さんは唇を噛み、そうつぶやく。

「ちょっと、まずいんじゃないの……？」

「……だな」

隣に立つ俺も。はっきりとした焦りが自分に芽生えるのを感じながら、彼女にうなずいたのだった。

＊

「――やっぱり、事情を明かしましょうよ！」

五十嵐さんがそう言ったのは――手順確認のあと。

特別教室にスタッフ全員が戻り、解散となったあとのことだった。

その場にいるのは、俺と五十嵐さん、六曜先輩の三人だ。

事前に五十嵐さんに相談され、一緒に先輩を説得するためにも、俺はここに残っていた――。

「はっきり言いますけど」

緊張気味の顔で、五十嵐さんは先輩に言う。

「このままだと、メインステージに負けますよ。緩い空気のままで本番になります、絶対！」

それは、俺も完全に同意見だった。

今のままでは、ここからクオリティの大幅アップは見込めないだろう。

そもそも……文化祭のステージとしては普通に合格点を大きく超えている。

バンドの演奏もダンスもコントも、高校生レベルじゃないパフォーマンスだ。

現段階で、これまでで最高の有志ステージになるのも間違いないだろう。

これ以上やらなきゃいけない理由が、彼らにはないんだ。

——六曜先輩が、二斗と戦っていることを知らないから。

高校生レベルとか、そんな次元じゃない相手と対峙していることを知らないから。

「だから……事情を話すべきですよ。俺の人生がかかってるんだって。みんなにも協力してほしいんだって。先輩、出演者と仲が良いじゃないですか。きっと全力で乗っかってくれますよ！」

実際、五十嵐さんの言う通りだろう。

六曜先輩が一言言えば、きっと皆協力してくれる。

今日の手順確認を見ていても、先輩が彼らに信頼されているのは明らかだった。

先輩は彼らのやりたいことを最大限尊重し、それに合わせてステージ全体を組み上げていく。

パフォーマンスがしやすいように、要望があれば細かくヒアリングする。

だからこそ、六曜先輩は彼らに慕われ始めていて、

「――春樹ー、ここの出順、やっぱり反対にした方がよくね？」

「――ねえ六曜くん、衣装っていつもの動画のやつで大丈夫かな？」

「――笑い声、ＳＥで流してもらうのあり？　いやウソウソ！　冗談だから！　ちゃんと俺らが自分で笑わせるから！」

雑談混じりのテンションで、彼らは気軽に先輩に声をかけていた。

そんな彼らが――六曜先輩の現状を知れば。

ｎｉｔｏという、巨大な壁に立ち向かおうとしていることを知れば……確実に協力してくれるだろう。

なんならテンションが上がりまくって一致団結。

クオリティも上がるし積極的にお客さんを呼んでくれるかもしれない。

つまり――できばえの面と宣伝の面。

有志ステージが抱えている問題の解決に、大きく貢献してくれるかもしれないんだ。

……どう考えても、合理的な話だと思う。

むしろ、メインステージに勝つには、ｎｉｔｏを越えるには出演者の協力が必須。

それなしでは、戦いにさえならないようにしか思えない――。

それが――俺と五十嵐さん、共通の考えだった。

けれど……長い長い、嚙みしめるような沈黙のあと。

「……いや」

六曜先輩は、重い声でそう言う。

「あいつらには、その辺背負わせらんねえよ」

「……なんでですか」

怒りと呆れの入り交じった声で、五十嵐さんは尋ねる。

「そんなこと言ってる場合じゃないでしょ！　なんでそこまで強情なんですか！」

それが、俺にも理解できなかった。

六曜先輩は――始めから一貫してこうだった。

俺が「みんなに事情を話そう」と提案したときにも、あくまで彼は拒否。

自分の力で乗り越えないとと、頑なな態度だった。

……確かに、硬派な人ではあるけれど。

物事の筋道を大事にするし自分に厳しい人ではあるけれど……これはさすがに強情すぎる。

どうして先輩は、ここまで「頼らない」ことにこだわるんだろう……。

特別教室に降りる、短い沈黙。

このままでは、俺も五十嵐さんも納得しないと理解したんだろう。

六曜先輩は、あきらめたように息を吐き、

「……親父には」

悔しそうな声で、そう言った。

「俺が結果を出したところを、見せないといけねえんだよ……」

――親父。

六曜先輩の父親――起業という先輩の夢を、認めていない張本人。

「父親は、自分で一から会社を興した人でさ……」

遠くを見るように目を細め、先輩は続ける。

「それこそ、二〇〇〇年代の最初の頃の、ＩＴバブルの時期な。それでもやっぱり大変で、死ぬほど努力して、人生すり減らして成功したらしい。だからこそ、息子の俺には同じ苦労はさせたくないし、そもそも無理だと思ってるみたいなんだよ」

「……なる、ほど」

初めて聞く話に、俺はうなずく。

先輩の父親は、そんな経験をしていたのか……。

だとしたら、「まずは自分の会社に入れ」と言うのは、真っ当な提案なのかもしれない。

自分がしてきたとてつもない苦労から、息子を守る。

親として、当たり前のことをしているだけなのかもしれない。

ただ、

「だから……見せねえといけねえんだ」

六曜(ろくよう)先輩は拳を握る。

「俺も親父(おやじ)に、自分が努力で壁を越えられるとこを、見せねえといけねえんだよ……」

「そう、ですか……」

その話で……理解はできた。

なぜ、六曜(ろくよう)先輩が自分一人で全てを背負い込もうとしているのか。

頑(かたく)なに、人を頼るのを避けようとしているのか。

気持ちはよくわかる。なんとかできるものなら、協力したいと思う。

けれど、現実はそう甘くもなくて、

「……限界はあるでしょう」

五十嵐(いがらし)さんは、言いにくそうに口を開く。

「ここから六曜(ろくよう)先輩がどれだけ頑張っても、どうしようもないことはあるでしょう……」

その通りだと思う。

じゃあ現実に、六曜(ろくよう)先輩が死ぬほど努力をして。お父さんに負けないくらいの苦労をして有志ステージを創り上げたとして……ｎｉｔｏに勝てるのか。

無理だと思う。

努力にも限度がある。できることとできないことは、確実に存在する。

だから、どこかで周囲に頼るしかないんだ。

「……でも、やってみてぇ」

なのに、六曜先輩の気持ちは変わらない。

「どうしても、自分の力を試してみてぇんだ」

「……もう」

さすがに今は、これ以上説得しても無駄だ。

そう判断したらしい、五十嵐さんがあきらめの息をつく。

「本当に強情だなあ……。でもそう言うなら、マジで覚悟決めないとダメですよ。作業は山ほどありますし、宣伝とか全然足りてないですし」

「おう、それはもちろん！」

「実行委員長の仕事もあって大変でしょうけど、やるしかないんですから」

「任せろって！」

言うと、六曜先輩はこちらに腕を掲げてみせ、

「きっとどんな天才だって——努力の前には敵わないんだからな！」

少年漫画の主人公みたいな顔で、そんな風に言ったのだった。

……本当にそうなんだろうか？

努力って、そんな風に全てを塗り替えられるものなんだろうか？

＊

そしてその日から——俺たちの、文化祭前の追い込みが始まった。

毎日のように完全下校時間まで仕事し、家に帰っても作業の続きをする日々。

俺のような一スタッフでさえ体力をガンガン削られて、疲労が蓄積しつつあった。

やることは山ほどある。

有志ステージのチラシの作成や、各所への掲示。

学校に許可を取ったり、町内会に許可を取ったり、区に許可を取ったり……。

当日会場に入る音響会社との折衝もあれば、出演者の皆さんとのやりとりもある。

そのうえ、空いた時間でクラスの企画『コスプレ喫茶』の準備の手伝いだってしなきゃいけない。

数日も経てば、俺は睡眠不足と疲労でふらふら。

五十嵐さんも、既に体力が限界らしく顔に疲れが滲んでいる。

二斗だけは未だに元気でケロッとした顔をしているけど……実を言うと、あの日から。

『巡の人生を狂わせてしまう』という話をされてから、あまり会話をできていない。

彼女はあからさまに俺を避けていて、こっちもどう彼女に接すればいいのかわからなくて、文化祭準備を口実にほとんど話さない日々が続いている。

そして──俺たち以上に。

誰よりも体力を使い、限界を迎えている人が一人いて──。

＊＊＊

「──はあ」

一つ書類のチェックを終え、俺は──六曜春樹は顔を上げた。

いつものように、有志ステージのスタッフが集まる特別教室。

一部では当日スケジュールのとりまとめが、一部では出演者との連絡が、そして一部では宣伝のための話し合いが進められていた。

ここにいるメンツ、マジで頑張ってくれている。

最初はやる気の微妙なやつもいたけど、今では全体にモチベーション高め。

こういうやつらと一緒に仕事できるのは、純粋に楽しいし心強い。

そんな中でも――、

「――六曜先輩」

宣伝を担当している、天文同好会の後輩。

坂本巡と、五十嵐萌寧がこっちに来て、俺に話を始める。

「電算部のメインステージと有志ステージの配信、出演者全員の許可が出たそうです」

「おお、じゃああとは先生に任せてる著作権系だけだな」

「ええ、そうなりますね」

この二人は――頼もしかった。

ビシバシ自分で問題を見つける萌寧と、粘り強くそれを解決する巡。

こいつらがここまで頑張ってくれるなんて、最初は一ミリも思っていなかった。

二人がいるおかげで、俺は今も戦えている。

ただ、

「……本当に、配信の視聴者数でも勝負するんですか？」

萌寧はそう言って――表情を曇らせる。

「ネットなんて、千華が圧倒的に有利ですよ。ただでさえ苦しいのに、もっと戦いを厳しくする気ですか？」

「おう、やる」

萌寧にそう言って、俺はうなずいてみせる。

「こっちだって、みんなそれぞれネットでの活動もしてるんだ。ポチョムキンズはＹｏｕＴｕｂｅｒとしても活動してるし、動画上げてるやつらがほとんどだ。ファンもちゃんとついてる。それが合わされば、きっと勝てるはずだ」

そうだ、いけるはずだって俺は信じている。

確かに、ネット上でｎｉｔｏは最強だ。

生配信では当たり前に数万人を集めるし、固定のファンの数も多い。

ただ——今回の配信が行われるのは、オープンな動画サイトではなく碧天祭の特設サイト上に作られる配信ページだ。

普段のファンが集まりやすい動画サイトとは勝手が違う。

逆に、こっちは二斗ほどじゃないとは言え出演者の数は多いわけで。

その知り合いや元々のファンがチェックをしてくれれば、合計の視聴者数では悪くない戦いができるはず。

……そう、信じている。

「……あのですね」

俺の言葉に、それでも萌寧は食らい付いてくる。

「さすがに、やり方が雑になりすぎです」

「だって先輩、出演者がみんな協力する前提で考えてるでしょ？　今の雰囲気考えてください
よ、そうとは限らないですって」

「……んー、そうか？」

「ていうかそれ以前に……」

と、萌寧は呆れたように髪をかき、

「明らかに先輩体調ヤバいですって。全然寝てないでしょ？」

「……そんなことねえよ」

「昨日は何時間寝ました？」

「三時間くらい」

「それは、寝てないの範疇に入ります！」

……寝てない、か。

それは正直、まあそうなんだろう。

実を言うと今も頭がぼんやりして、上手く回ってくれない。

身体が重くて頭が痛いし、どうしたって本調子とは言えない。

「すまねえ、心配かけて」

そう言って、俺は萌寧に笑ってみせる。

「でもまあ、ラストスパートだと思って、なんとか乗り切るわ」

「本番まで、あと十日ありますけどね」

それだけ言って、萌寧と巡は去っていく。

萌寧はまあいいとして……巡は大丈夫か？

少し前からなんか元気なくなって、ずっとどんより落ち込んでるんだけど。

「何でもないです……」って逃げてばっかりで、事情も話してくれねえし。

「ふう……」

一度息を吐き、窓の外を見る。

まだ四時過ぎなのに、空は暗い雲に覆われて辺りは薄暗い。

——嫌な雨が数日続いていた。

大雨でもなく小雨でもない、中途半端な雨が連日降り続いている。

テンションを下げるつもりも、疲れたところを見せるつもりもないけれど、それでも実際こういうのに地味にダメージは受けるから、

「……おし！」

手を一つ叩くと、俺は自分を奮い立たせて次の仕事へ向かった。

＊

――萌寧が、電算部の報告へ行くと教室を出て。

他の面々も仕事で方々へ行き――気付けば、俺と巡だけだった。

雨の特別教室、午後四時半前。

室内では、俺と元気のない後輩だけが静かに仕事をしている――。

……あいつも、無茶なことしてると思ってんだろうな。

背中を丸めて仕事をする巡を見ながら、そんなことを思う。

巡は、二斗の彼氏だ。

誰よりも間近で二斗のすごさを、その才能のとんでもなさを痛感してきただろう。

正直、苦しい経験だってしてきているはず。

そんな巡からは……俺はとてつもないバカに見えるのかもしれない。

『努力』の一言で麻酔して、負けに向かって猛ダッシュしてる、愚かなやつに見えるのかもしれない。

けれど……俺にはできるはず。

そんな信念と、それを裏付ける経験がある。

五十メートル走、竹下との勝負——。

だから……まだまだ。

迷う暇があったら頭を働かせろ、手を動かせ。

そうすれば、きっと二斗だって敵じゃないはずで——、

「——あの」

——ふいに、声がした。

顔を上げると——巡が。

さえない表情のあいつが、俺を不安げに見ている。

「……大丈夫、ですか？」

こっちが「大丈夫か？」と尋ねたくなるほどの、暗い声色。

「ふつーに大丈夫だけど」

と答えると、巡は一層表情を暗くして、

「いや……今にも倒れそうな顔してますけど」

……倒れそうな顔？　俺が？

いや、そんなつもりはなかったんだけど……。

そこまで俺、辛そうな顔してるのか……？

「無理はせず、人に頼ったり休んだりしてくださいね……」

……そんなに、言われるほどなのか？

俺、そこまで追い詰められてるのかよ……。

……正直、そのセリフがちょっとショックだったからだと思う。

気付けば俺は、変に明るい笑い声を出しながら、

「いやいや、そっちこそだろ！」

そう言うと、椅子を立ち巡の方へ向かう。

「お前の方が、ずっとしんどそうな顔してるだろうが！　重症だって、巡の方が！」

言って、背中を叩くと巡は黙り込む。

以前のこいつだったら見せなかった、苦しげな表情。

「……さすがに、話してくれてもいいだろ」

素で心配になってしまって、そう尋ねる。

「俺、お前のこと親友だって思ってんだぞ。言ってくれてもいいだろ？」

——親友。

誇張じゃない、本気でそう思っている。

確かに、普段つるんでるようなツレとはタイプが違う。

それでも、天文同好会でのあれこれや、碧天祭の準備を経て、俺の中でこいつは大事な友達になりつつある。

だからいつまでも、辛(つら)い顔でもごもご言っているのがそろそろ嫌になっていたんだけど。

ステージのため以上に、普通に話してほしかったんだけど、

「……いえ、いいんです」

言って、巡(めぐり)は首を振る
「大丈夫ですし、人に話すようなことじゃないんで……」

「どう見ても大丈夫じゃねえだろ」

「いえ、そもそも何もないんで……」

「そんなわけねえだろ」

「……すいません」

巡(めぐり)はそう言うと、ふいに椅子から立ち上がる。

そして、鞄(かばん)を手に取ると。「どうした？」といぶかる俺の前を通り過ぎ——特別教室を出て行った。

——逃げられた。

話を聞こうと思っただけなのに、距離を取られた。

……普段だったら「おいおーい」と見逃す場面かもしれない。

「まあ、そのうち話してくれるだろ」とどーんと構えていたのかもしれない。

けれど、

「……は？」

反射的に――そんな声が出た。

「どういう、つもりだよあいつ……」

続けて――そう口に出してみて、

カッと――頭に血が上った。

顔が一気に熱くなる。

イラつきが胸にこみ上げて、俺も教室出口へ走る。

――認めよう、冷静じゃない。

明らかに――俺は普段の落ち着きを失っている。

萌寧の言う通り睡眠不足だったり疲れていたり。

あるいは色々上手くいかなかったりそんな俺を理解してもらえなかったり。

そういう……上手くいかなさが。

ここしばらくのこと全部が――どうしようもなく！　ムカつくんだよ！

勢いよく扉を開ける。

「――いやちょっと待てや！」

こちらに背を向け、昇降口に向かう巡の姿が見える。

「事情くらい話せよ！」

「……ヒッ！」

ビクリと身を震わせると、巡はこちらを振り返り怯えた顔をした。

マジで怖がってる表情だ。

どうやら俺、本気でマジギレ顔をしているらしい。

けれど、

「――っ！」

そんな俺を置いて――巡は走り出す。

これまでのぼんやりした動きが嘘だったような、機敏な動きで。

一瞬反応に遅れつつ、

「……待てっつってんだろ！」

そう叫び、俺は走り出す。

「どういうことだよ！　逃げんなや！」

こちとら、走りには自信があるんだ。

小学生の頃からさらにタイムは縮んで、今は五十メートル６秒台前半で安定している。

すぐに――追いついてやる。

キッと前を見て、全力で脚を駆動する。

両手を大きく振って、ぐんぐん前に進んでいく。

巡との距離はあっという間に縮んで、もう少しで手が届きそうというところで、

「——ああッ!?」

——急カーブした。

まっすぐ廊下走っていた巡が——突然急カーブ。

脇の階段を飛ぶようにして下りていく。

「お前っ……!」

全力で方向転換、俺も階段を下り始める。

四階から三階。続いて二階へ、転がるように脚を運ぶ。

けれど——、

「……ちっくしょ!」

——追いつけない。

「何だこれ……息が上がって……」

上手く走れなかった。

普段だったら、こんな距離秒で走り抜けてみせる。

巡は多分、決して足が速い方じゃない。俺が後れを取るような相手じゃない。

それでも——、

「クッソ……」

——睡眠不足。全身に溜まった疲労。

ずっと続いているストレス——。

まとわりつくそれらに邪魔をされて、普段の速度が出ない。

「待てって！」

昇降口に駆け込む巡に、もう一度叫ぶ。

「話聞くだけだっつってんだろ！」

「言えるわけないでしょう！」

靴を履き替えることもないまま、巡は校舎を飛び出した。

「今のあんたに、これ以上背負わせるわけないでしょう！」

「言わねえ方がうぜえって言ってんだよ！」

続いて、俺も校舎を飛び出す。

全身に、雨がざっと銃弾のように降りかかる。

周囲にいた生徒たち、下校途中だったらしいやつらが驚いてこっちを見た。

けれど——そんなん気にしていられない。

身体中ずぶ濡れになりながら、俺は巡に叫ぶ——。

「そんなに俺が、信頼置けねえかよ！」

「人の種類が、違うんですよ！」

校庭に走り出ながら、巡は叫び返した。

「俺と先輩では、全然人のタイプが違う！　住んでる世界が違うんです！」

その言葉に――。

住んでる世界が違う、という言葉に――ぎくりとした。

「だから、先輩にはわかんないですよ！　俺みたいなやつがどんなことで悩んで、どんなことで苦しむのかなんて！」

そうかも――しれない。

走りながら、頭の中でそう思ってしまう。

確かに、俺と巡は住んでいる世界が違うんだろう。

普段口には出さないし、態度にも出さないけれど……それくらい俺だって自覚している。

元々目立つタイプで、周りにもそういうやつが多かった俺。

勉強も運動もそつなくこなしてきたし、教師からの評判もよかった。

正直、内心そんな自分に誇りを持っていた。

対する巡は――はっきり言えば、目立たないタイプだ。

目を引くルックスがあるわけでも、強烈な能力があるわけでもない。

内向的で、インドアな趣味が好きな大人しいやつら。

あまり俺の好きじゃない言い方を、流行の言葉を使えば『陽キャ』と『陰キャ』ってことになるんだと思う。

天文同好会を通じて一緒にいるけれど、事実そこには壁がある。

巡が言う通り、俺は巡の気持ちがわからないだろうし、巡は俺の考えを理解できないだろう。

「話しても、意味ないんですって！」

巡が、もう一度叫ぶ。

「俺は——先輩みたいにできないんだから！」

＊＊＊

「俺は——先輩みたいにできないんだから！」

叫びながら、脳裏に三人の顔が浮かぶ。

——二斗。

——五十嵐さん。

——六曜先輩。

天文同好会で、俺には沢山の友達ができた。

一度目の高校生活では、親しくなれなかった彼ら。
今回の高校生活では、奇跡みたいに仲間になることができた三人。
近くで接してみて、やっぱりそれでも「タイプの違い」は思い知ってきた。
俺たちは、全然違うんだ。
興味のあることや自己肯定感、考え方の違いから何から何まで――。
そして――それでも構わないと思えた。
むしろ、そんな違いを楽しいと思えた。
二斗。いくつもの面があって、その全てがかわいらしい彼女。
振り回されるのも驚かされるのも全てが新鮮で、一緒にいて退屈をしない。
そのストイックさには、俺自身背筋の伸びるところがあった。
五十嵐さん。彼女は俺を信頼してくれている。
はっきりと、卑下することもなくわかる。彼女と俺は――今、良い友達だ。
だからこそ、俺は彼女と自分の違いを楽しむことができる。
お互いの差を、お互いに大切にすることができていると思う。
そして、六曜先輩。
明白に、憧れてしまうところがあった。
強くあること、そんな自分を誇ること。努力を続けさらに高みを目指すこと。

俺にはできない、そんな生き方。

彼が人気なのは、当然のことだと思う。そんな先輩に天文同好会に入ってもらえたことは、今でも俺の誇りだ。

けれど――『本当はわたし、あなたの前からいなくなるべきなのかも』。

二斗の言葉で、現実を知った。

人に近づけば、相手を傷つけてしまうことがある。

誰にも悪気がなくても、お互いに好意を向けていても、不幸な未来に向かうことがある。

いつか俺が潰してしまう天才――二斗。

だとしたら……彼女だけじゃない。

俺たちの違いは、いつか俺たちを深く傷つけるかもしれない。

その事実を前にして、俺は怯え始めていた。

彼らの間の距離に。その理解できなさに。

二斗、五十嵐さん、六曜先輩との――人としての違いに。

だから、

「もう――来ないでくださいって！」

俺を追いかける六曜先輩。

ふらふらになりながら食い下がってくる彼に、俺は叫ぶ。

「こんなことしてる暇ないんだ！　だからもう、放っておいてください！」

＊＊＊

「こんなことしてる暇ないんだ！　だからもう、放っておいてください！」

その言葉に——俺は一瞬巡を追う脚を止めかける。

……巡の言う通りなのかもしれない。

そんな風に、小さく思う。

例えば。

はっきり言えば——俺は二斗を理解できない。

あいつが何を抱えて、何を考えて、何を苦しんでいるのか理解できない。

圧倒的な才能を持って生まれた、その上で努力を重ねる二斗。

俺はあいつに、怯えている部分がある。

ビビってさえいると思う。

巡にとって——俺もそういう存在なのかもしれない。

だとしたら、確かに理解できないんだろう。
自分のことじゃなく、他人のことだからよくわかる。
客観的に、事実を呑み込むことができる。
それはもう、努力の問題じゃない。
俺たちの間にあるのはもっと根本的な差だ。
本当にわかり合えたり、共感し合えたり、そんなことは不可能なのかもしれない。
そうか……だとしたら、認めざるをえない。
努力でどうにもできないことはあるんだと。
どうやったって、届かないものがあるんだと――。
……それでも。
それでも――、
「――うわっ！」
ふいに――目の前を走っていた巡が大きくつんのめる。
そのままバランスを崩して、勢いよく校庭にもんどり打った。
続く雨で、地面は酷くぬかるんでいる。
巡は制服やら髪の毛やら身体中を泥だらけにして、地面にぐったりと倒れ込んだ。
乱れた呼吸で、背中が大きく上下している。

ゆっくりと手をついて、巡はその場に座り込む。

「……大丈夫かよ」

尋ねて、手を伸ばす。

「ほら、摑まれよ」

けれど、巡は俺の手を摑まず、

「大丈夫です」

そう言って、じっと地面を見ている。

「そっちこそ、風邪引きますよ。早く校舎戻ってください」

「……あのなあ！」

そこで、もう一度怒りがこみ上げた。

そうだ——俺は、怒っている。

理解し合えないかもしれない、傷つけ合うかもしれない。

結局は他人事なんだろう。俺だって、内心巡を別世界の人間だと思っている。

それでも——、

「いい加減……お前の人生に関わらせろ！」

言って、俺はその場にあぐらで座り込む。

「お前の言うことは、何も否定できねえよ。確かに、お前の気持ちが俺にはわかんねえ。俺みたいにできないのもその通りだろ。逆に俺も巡(めぐり)みたいにはできねえし、やりたいとも思わねえ」

巡(めぐり)は、驚いたような顔で俺を見る。

「友達になれたのも偶然だ。例えばほら……ちょっと何かが違ったら、部員勧誘してるお前を見かけなかったら、最後まで知り合いにもならなかったかもな」

巡(めぐり)の目が——動揺したように大きく揺れた。

どこがかはわからない。

けど、俺の言葉がはっきり届いた手応え——。

だから……、

「でも——今は同じ場所にいんだろ」

声のトーンをやわらげて、俺は続ける。

「だったらその偶然を……つうか、そうなった運命みたいなもんを、信じてみてもいいんじゃねえか？」

そして、思わず笑ってしまいながら。

泥の跳ねた巡(めぐり)の顔に、素で噴き出してしまいながら、

「こんなにイライラして、腹が立って……なんとかしてえって思うのは、本当なんだから」

その気持ちだけは、間違いなく本物だ。

確かに、巡の言う通りだ。

俺たちの間には埋められない溝がある。

努力でなんとかできるものじゃない。

それが結果——いつか、不幸な未来に結びつくのかもしれない。

そのことは、認めざるをえないと思う。

それでも……もっと生々しく、そこに息づく感情がある。

あやふやな未来の予測や不安じゃなくて、今覚えている衝動がある。

なら、それを無視なんてしたくねえ。

その気持ちにも、従いたいと俺は思う。

そして——ずいぶんと長い沈黙のあと。

「……わかりました」

ぽつりとつぶやくように、巡は言う。

「話します。聞いてもらいたいです……」

「……おう」

「ただ」

と、巡はきっとこちらを見ると、

「その代わり……俺からも、先輩に意見を言わせてください」

明白な意思をこめて、俺にそう言った。

「意見？」

「ええ、どうしても言いたいことがあるんで……」

言うと、巡は俺の目をじっと見て、

「……そっちも、人生に関わらせてください」

その言い方に——ちょっと笑い出してしまいながら。

こいつも言うなあと思いながら、俺はうなずいたのだった。

「おう、わかった」

＊＊＊

——特別教室に戻り。

汚れをタオルで拭いて、ジャージに着替えたあと。

俺は、六曜先輩にぽつぽつと話した。

二斗が、周囲を傷つける度に罪悪感を覚えていること。

それに対し、傷つくのは各自の問題で、二斗自身は気に病む必要がないと俺が話したこと。

「同感」

と、シンプルに六曜先輩はうなずいてくれた。

「そんなこと、二斗が気にするもんじゃねえよ」

けれど――二斗はそれでも自分を責め続ける。

それは「いつか巡を必ず傷つける」と確信しているから。

「……なるほどな」

腕を組み、六曜先輩はうなずいた。

「あいつ、そこまで考えてたのか……」

「それで、『あなたの前からいなくなるべきなのかも』なんて言われて……」

唇を噛み、俺は続けた。

「そのことが俺、すげえショックで……」

未来で二斗が失踪してしまうこと。

遺書のようなものが残されていたことまでは……話すことができなかった。

時間移動のことは、やっぱりあまり人に明かさない方がいいだろうと思う。

真琴は未来で協力してくれているから特例として。

過去や未来が書き換わるなんて、あまり多くの人に知らせてしまうべきじゃない。

酷く混乱させるだろうし、それ抜きでも俺の状況はわかってもらえるはず。

「……やっぱり俺、二斗が好きなんです」

視線を落とし、俺は続けた。

「だから……どうすればいいかわからなくて。俺こそ離れるべきなんじゃないか、あいつの邪魔をするべきなんじゃないかって、そんな気もして……」

そこまで俺は、追い詰められていた。

二斗と別れるべきなんじゃないか。

俺があいつのそばを離れれば、もっと自由に創作ができるんじゃないか。

そうすれば——失踪なんて、しなくて済むんじゃないかと。

……もちろん、冷静に考えればそんなの得策でも何でもない。

実際、一度目の高校生活は俺と二斗は離れ離れで、なのに彼女は失踪してしまった。

それでも……そんな手段を考えてしまうほどに。

まともに自分の考えを制御できないほどに、俺は追い詰められていた。

「なるほどなあ」

椅子の背もたれに体重を預け、長い脚を組み、六曜先輩はつぶやく。

そして、

「まあでも、そうなりゃ話は簡単なんじゃね？」

「簡単、ですか？」

「おう」

ごく当たり前のことのように。

気負いの感じられない軽い口調で、六曜先輩はうなずいた。

「巡が、幸せでいればいいだけだろ」

――幸せでいればいい。

全く考えもしなかった――最近の俺からは、ほど遠い言葉。

「お前自身が、二斗に言ったんだろ？　誰かが二斗に負けて不幸になるとしても、それはそいつの問題だって。それ、マジでその通りだよ。二斗がそいつを不幸にしたと思うのが間違いだ。それは……巡に対しても、同じだろうよ」

それは……その通りだと思う。

仮に、俺が二斗の隣にいることで人生が狂うのだとしても、それは二斗のせいじゃない。

俺が弱かっただけだ。

二斗に責任なんてないし、本当は気に病む必要だってない。

「でも……二斗はそう思えないんだろ？」

先輩は続ける。

「どれだけそれを説明しても、二斗は勝手に責任を感じる」

「……ですね」

苦い気持ちで、俺はうなずいた。

どうしたって、二斗は自分を責めるだろう。
どれだけ当人が「自分の問題だ」って言ったって、二斗には関係ない。
彼女は、自分が人の人生を台無しにしたと自分を責め続ける——。
「だから」
と、六曜先輩は笑い、
「そもそも——お前が不幸にならなきゃいい」
端的に、俺にそう言った。
「お前が幸せになれば、その姿を見せりゃ、それで問題解決だろ」
酷く——真っ当な回答だった。
真っ当で、筋の通った考え方だった。
なるほど……確かにそうだ、その通りでしかない。
問題は、拍子抜けするほど簡単だった。
二斗が、俺の人生を狂わせる？
狂わせられなきゃいいじゃないか。
もちろん、影響を受けるのを避けることはできない。
二斗の存在はあまりにもまぶしくて、無視することなんてできやしない。
だとしたら——幸せであり続ければいいんだ。

彼女の前で、俺は俺として幸せであり続ける。

そんなシンプルな、真っ当な答えがそこにあった――。

そして……できる気がした。

二斗の未来を変えるだとか全員を幸せにするだとか、そういうのはやっぱり荷が重い。

絶対にできるなんて約束はできない。

それでも……俺が、俺自身が幸せになる。

それなら、この俺にだってきっとできるはずだ――。

「……さすがっすね」

気付けば、そんな言葉を漏らしていた。

「頼りになります」

「だろ？」

言って、六曜先輩は不敵に笑ってみせた。

「だから、最初っから俺に話してりゃよかったんだよ」

「確かに、そうだったのかも」

本当に、おっしゃる通りだ。

こんな結論にたどり着けるなら、もっと早く話せばよかったのかもしれない。

一人でうじうじ悩んだりせず、さっさと相談するのが正解だったのかも。

ただ、

「でも……おかげでこっちも、話を聞いてもらえるわけでね」

そうだ——そういうチャンスももらったんだ。

俺の話を聞いてもらう、お願いに、耳を傾けてもらうチャンス。

だから俺は、

「事情を明かしましょう」

はっきりと、彼にそう言った。

「このステージに、先輩の人生がかかってること。出演者の皆に話しましょう」

——そう、こうするのがいいと思う。

それがきっと——みんなのためになると確信している。

俺はもう一度、六曜(ろくよう)先輩をまっすぐ見る。

そして——、

「彼らに——協力してもらいましょう」

＊＊＊

──確かに、話を聞くとは言った。

実際に、巡の意見を正面から受け止めるつもりだった。

けれど、

「──事情を明かしましょう」

「──彼らに、協力してもらいましょう」

その意見に、案の定ぶつけられたその提案に、

「んん……」

俺は思わず口ごもる。

それが妥当な案なのは、もちろん俺もわかっている。

萌寧に指摘された通り、現状有志ステージがメインステージに勝つのは不可能だ。

注目度もモチベーションもクオリティも、はっきりとあいつらに負けている。

そこから一発逆転を狙うなら──事情を明かすしかない。

けれど……どうしても避けたかった。

誰かに力を借りてしまえば、この勝負自体が。

あるいは——俺の生き方自体が、どこかで否定されてしまう気がしていた。

「……確かに」

黙っている俺に、巡は続ける。

「俺は先輩になれないし、先輩の状況も、気持ちも理解できないですよ」

——理解できない。

そうだ——巡にはきっと、理解できない。

同じ経験をしていないから、タイプが違うから。

「でもだからこそ、見えることもあるでしょ」

巡の場所から見えること。

こいつだからこそ、見つけられる突破口。

「親友だって言うなら、少しは意見を聞いてくれていいんじゃないですか？」

「……それでも」

巡の言うことは、よくわかった。

正直、説得力も感じている。

ただ……どうしてももう一つ、引っかかるところがある。

「やっぱり……巻き込めねえよ」

苦笑しながら、俺は言った。

「出演者のやつらは、みんなステージを楽しみにしてくれてる。自分らのパフォーマンスを碧天祭りで披露できるのを、純粋に期待してるんだ。そんなやつらに、俺の都合でなんか背負わせるわけにはいかないだろ」

あいつらにはあいつらの事情があって、それぞれの期待をしてステージに参加してくれる。

そこに、勝手に俺の事情を押しつけるわけにはいかない。

けれど、

「……いやいやいや」

なぜか巡は首を振り苦笑いする。

そして——、

「人生に関わらせろって言ったの、あんただろ」

その言葉に——ぎくりとしてしまった。

俺が巡に向けた苛立ち。勝手に距離を作られる納得のいかなさ。

それを……俺自身も、他のやつらに味わわせていたんだろうか。

「出演者、みんなめちゃくちゃ先輩のこと、信頼してるじゃないですか」

その言葉に——彼らの顔を思い出す。

確かに、そうなのかもしれない。

俺は、仕事という枠を越えてあいつらを尊重してきたつもりだ。

一緒にステージをやるなら、仲間だと思ってあいつらを扱いたかった。

そんな俺を……あいつらも、信頼してくれているだろうか。

「きっとみんな……」

巡はそう言って、俺に笑ってみせる。

「先輩の、力になりたがりますよ」

「……そっか」

ふう、と息をついて、俺は教室の天井を見上げる。

不思議な気分だった。

ずっと俺の足下にあった、硬くて丈夫な地面。

それがふいになくなってしまったような、奇妙な心許なさ。

けれど、その分どこにでも行けるようになった気がして。

それまでよりも、遥かに自由になれた気がして――、

「……話してみるか」

俺は、誰にともなくそうつぶやいたのだった。

「みんなに事情、話してみるか……」

「ええ、そうしましょう」

そう言う巡は、落ち着いた笑みを浮かべていて。

ああ……こいつと一緒に、俺はこの後輩と一緒に、お互い壁を越えられたんだなと実感する。

第五話 chapter5

【革命前夜】

「――情けない話で、マジで申し訳ねぇ！」

翌日の放課後。いつもの特別教室。

集まれるだけ集まってもらった出演者たちの前で。

六曜先輩は――そう言って、頭を下げていた。

「どうしても俺……二斗に、メインステージに勝ちたいんだ。そうしなきゃ、いけねぇんだ。でも、多分このままじゃダメだ。俺一人の力じゃ、どうにもならなかった……」

六曜先輩は説明していた。

自分には、起業という夢があったこと。それを今、親から断固反対されていること。

彼らがそれを認めてくれる条件は――『メインステージより有志ステージに客を集める』なんて途方もないもので、一人じゃそれを実現できないことを。

そして、彼は顔を上げ。

出演者一人一人を見ると――、

「だから……力を貸してほしい」

はっきりした声で、そう言った。

「ここにいるやつらと、今日はこれなかったやつらで、俺に力を貸して欲しい……」

……言えた。

その光景を、俺は感慨深く見守っていた。

あの六曜先輩が、頑なに『一人で頑張る』ことを主張していた彼が——皆に力を貸して欲しいと言ってくれた。

胸に熱いものがこみ上げたのを感じる。

昨日、六曜先輩とぶつけ合ったお互いの気持ち。

雨の中走り回って、ようやく打ち明けられたそれぞれの本心。

それが今、六曜先輩を大きく変えた。

きっと、勇気のいる選択だったんだと思う。生き方を変えるのは恐ろしい。

正直、俺だって怖いんだ。俺がぶつけた言葉が、六曜先輩にどんな影響を及ぼすのか。

ぶつけてしまった感情が、彼をちゃんと前に進めてくれるのか。

だから……俺は願う。

その言葉が、出演者のみんなに届くことを。

先輩の気持ちが、有志ステージを大きく変えてくれることを。

そして——そこにいる面々は。

集められた出演者たちは、見るからに動揺していた。

こんな話予想外だろう。自分のパフォーマンスが、人の人生をそんな風に左右するなんて。

そもそも、集められた理由だって知らされていなかったはず。

戦艦ポチョムキンズも、吾妻きらら先輩も。

OBORO月夜やFLIXIONSのメンバー、その他の参加チームの面々も。

皆視線を泳がせ、仲間たちと何やらひそひそ話し合っていた。

「……正直」

そんな彼らに、先輩は言葉を続ける。

「何か恩返しを、すぐにできるわけじゃねえよ。皆がそうしてくれることで、メリットがあるわけじゃないと思う。時間と労力をもらうだけかもしれねえ……」

それは……素直にその通りだ。

六曜先輩は、あくまで自分のために皆にお願いをしている。

それをごまかすのは、フェアじゃない。

「だから、乗り気じゃなければ無視してくれても構わねえよ。そのことで、有志ステージでの扱いを変えることは絶対にねえって約束する。これまで通り、これまで以上に皆のことは大事にするつもりだ。……でも」

と、そこでもう一度、先輩は声に力をこめると、

「ちょっとでも……やってやろうと思ったら。六曜に、協力してやろうって思ったら……ほんの少しでもいいんだ、それぞれのやり方で、それぞれのできる範囲で……力を貸してほしい。

人が集まるように、良いパフォーマンスができるように、策を考えてもらいたい！」

六曜先輩の声が、教室に短く反響する。

そして、彼は勢いよく頭を下げ、

「どうか——よろしく頼む！」

——強い意志の滲む声で、はっきりと言い切った。

いつもの彼と同じ、深く張りのある声。

けれど——その響きはどこかかすかに、不安げな、揺らぎを帯びているような気がした。

短い間が教室に降りる。

一呼吸に満たないほどの、小さな静けさ。

けれど、声の余韻が消える前に。先輩の願いが、空気に溶けてしまうより前に、

「——わたしやるよー」

軽い声が——出演者の間から上がった。

かわいらしいアニメ調のトーン。

転がるような楽しそうなニュアンス。

見れば——、

「わたしそれ、全力でいくわー」

——吾妻(あづま)先輩だった。

着崩した制服に、全身にちりばめられた鮮やかなアクセサリ。

そこにいるだけでポップでファンシーな空気を放つ彼女が、楽しげな表情で手を挙げていた。

「……マジか」

ちょっと意外そうに。

それでもほっとした顔で、六曜(ろくよう)先輩は笑う。

「ありがとう、すげえうれしい」

「どういたしましてー」

「でも、いいのかよ？　吾妻(あづま)にメリット、ねえと思うけど」

「いやいやー」

と、吾妻(あづま)先輩は手をひらひら振ってみせる。

そして、あくまでもかわいらしい笑みで、転がるような言い方のままで、

「わたしさー、ｎｉｔｏにはまあまあムカついてたから！」

——⁉

「あの子さー、今年からだっけ活動始めたの？」

吾妻先輩は、歌うように話を続ける。

「それまでは、この学校でネットで評判の女の子って言えばわたしだったのに、一気に話題取られたんだよ。一部のファンはそっち流れたし。だからいっぺん、しばいてやらないとなーって思ってたんだー」

なるほど。なるほどね、そういうことか……。

……いや怖すぎんだろ！

このトーンでそういう話されるの、恐ろしすぎだろ！

気持ちはわかるけど、笑顔のまま『ムカつく』って……。

もう純粋な気持ちで、吾妻先輩の踊りにデレデレできない……。

六曜先輩は、けれどなんだか楽しげに笑っている。

「そっか……いいじゃん、一緒にぶっ倒してやろうぜ」

「うん。とりあえず、ダンスもう一回練り直すのと、今日から配信で毎日告知するよ。ネットの閲覧者もカウントにいれるんでしょ？　だったら結構力になれる気がする」

「ありがとう、助かる！」

「いえいえー。打倒ｎｉｔｏのためですから」

そんなやりとりをする吾妻先輩に、

「怖いなー女子の戦い」

「な！　俺らは巻き込まれたくねーな」

ポチョムキンズの二人が声を上げた。

面白がるような妙に楽しげな、悪巧みするような声。

それはきちんと彼女の耳にも届いたようで、

「……ふうん」

吾妻(あづま)先輩が、じろっとそちらに目を向ける。

「じゃあ、二人はどうするの？　尻尾巻いて逃げたすの？　弱ーい」

「いやいや」

「俺らももちろん乗るよ！」

慌てた様子で、ポチョムキンズは主張する。

「六曜(ろくよう)くん、世話になったからな。恩返しだ」

「それに、あのｎｉｔｏさんに勝ったってなったらモテそうだろ？」

「まずはネタ選び直す。あと、ＹｏｕＴｕｂｅにチャンネルあるからそっちでも告知な」

「……あー、ネット告知なら」

ＯＢＯＲＯ月夜のベーシストが、思い付いた声を上げた。

「俺らがＰＶみたいなの作ろうか？」

「え。そんなことできるの⁉」

「うん」

きゃぴっと飛び跳ねる吾妻(あづま)先輩に、ベーシストはあくまで落ち着いた表情だ。

「これまでもPV自分たちで作ってたし、ライブの告知動画も自前だよ。素材もらえれば、動画編集できると思う」

「あーじゃあ！　むしろ新しく動画撮ってさ！」

声を上げたのは、ダンスチームFLIXIONSのリーダー格の女子だった。

「有志ステージのティーザーみたいのから、PVも何本も作って――」

「――むしろ、『打倒メインステージ』ってのはっきり出しちゃっていいんじゃゃ――」

「――あーそれいい！」

「――観客側も盛り上がってくれるかも」

あっという間に――ブレストが始まった。

出演者、スタッフの垣根なく、その場にいる面々がアイデアを出し合う。

次々飛び出す策。それをブラッシュアップする、あるいは反対する意見。

ある程度まとまったアイデアを、志望するものが「それ、俺がやる！」「それはわたしが」と引き取っていく。

「……これは」

その光景に――はっきりと熱量を感じた。

これまで、どこかずっと平熱だった有志ステージ。

楽しければＯＫという雰囲気で、実際それはその通りで。『良いステージだったね』と褒め合う未来が見えていたこの場所。

それはそれで、悪くなかった。

そんなステージも、きっと楽しい思い出になるだろう。

けれど今……熱を帯びている。

『打倒メインステージ』という一つの意思を帯びて、全員が初めて一団となっていた。

――いけるかも。

初めてそんな実感を覚えた。

――もしかしたら俺たち、マジでメインステージと張り合えるかも。

まだ、具体的なプラン全ては見えていない。

メインステージがかなりの強敵であることは、どうやっても変わらないだろう。

それでも……この熱があれば。

この盛り上がりで当日まで試行錯誤を重ねれば……きっと、戦える。

メインステージに勝つことは、不可能じゃないはず――。

「……こうなったら」

そんなやりとりを眺めながら。

意見交換をし合う出演者、スタッフ、六曜先輩を前にして——五十嵐さんが言う。

「こうなったら……わたしらも、頑張らなきゃね」

「……だな」

「せっかく先輩が、こんな風に盛り上げてくれたんだもの。わたしたちも、もっと策を練らなきゃ……」

「……あ、それだったらさ」

と、俺は五十嵐さんを向き、

「一個思い付いたアイデアがあるんだ」

「……アイデア？」

「そう。告知をしつつ、出演者のみんなも盛り上げられそうなアイデアを……」

そして——俺は話し始める。

ちょっと無謀で。でも成功すれば大きな宣伝効果を発揮する、あるアイデアを——。

＊

「——というわけで、昼休みに放送するのを許可していただきたいんです」

放課後の、職員室の応接間。

目の前に座ったこの学校の教頭――東先生に、俺はそう主張していた。

「碧天祭の有志ステージ、この出演者が今すごく盛り上がってるんです。ですから、彼らが出演するラジオ番組を毎日放送できないかなと……」

――ラジオ番組。

それが今回――俺が五十嵐さんに持ちかけたアイデアだった。

元々これは、六曜先輩の発案だ。

碧天祭に向けて、昼休みのラジオ放送を始める。そこで有志ステージの話をすることで、沢山の生徒にその存在を知ってもらう、というアイデア。

これはかなり、効果的な気がしていた。

人を集めたいなら、何よりまず存在を知ってもらうことが大切だ。

その上で出演者に興味を持ってもらう。どんなパフォーマンスをするのか気にかけてもらうことが必要になる。

だから、彼らのラジオを校内に流せば――なぜか天沼高校では行われていない昼の放送で全校に流せば、かなりの宣伝効果があるんじゃないか。

俺も五十嵐さんも、そこに期待してこんな交渉をしているのだった。

ただ、

「――だから、その件はダメだって言ったでしょう！」

教頭先生は――高らかな声でそう主張する。

「食事は静かに取るものでしょうが！　ですから、昼の放送はダメ！」

なんだか妙にテンションの高い、それでもどこか抜けた話し方。

ポチョムキンズのものまねと本当によく似ていて、インパクトが強い。

一部の生徒からはネタにされているけど、実は俺、このしゃべりが結構好きだったりする。

「実行委員長にも話したでしょう！　共有されてないんですか⁉」

そんな声で、頑（かたく）なにそう言いつのる教頭先生。

そう――六曜（ろくよう）先輩も、断られていた。

食事は静かに取るもの、という教頭先生の個人ルールによって、却下されてしまっていた。

うん、まあ……何つーか勝手だよなあ。

そんな自分の好みで、生徒のやりたいことを止めるなんて。

多分……うちの高校で昼の放送がないのも、これが理由なんだろうなあ。

ポチョムキンズのコントの通り、この人はルールを守ったり守らせるのが大好きだし。

そのうえ、自分でも永遠に決まりを作り続けるものだから、生徒としては苦笑いだ。

ただ、

「いえ、六曜（ろくよう）先輩からはもちろん聞いてまして」

隣の五十嵐さんが、そう言って『一枚の紙』を差し出す。

「なので今日は、ちょっと色々用意してもう一度相談に来ました」

そう。今日はとある準備をしてここに来ている。

教頭先生の意見を覆せそうな、『ある味方』をつけて二度目の交渉に来ているのだった。

「……ふむ、これは」

五十嵐さんの渡した紙を、じっと見る教頭先生。

「えっと……『コミュニティFMすぎなみ』での、特設コーナーが決定した……」

「そうなんです」

身を乗り出し、紙を指し示しながら俺は説明する。

「ほらよく、街中で流れてるでしょう？　杉並区が運営してる。地域のラジオ局みたいなの。この荻窪だけじゃなくて西荻とか阿佐ヶ谷、西武線の方でも流れてるんで、結構沢山の人が聞いてるはずなんですけど」

言いながら、俺は思い返す。

例えば学校への行き帰り、遊びに出かける途中、買い出しの最中。

街にはいつも、薄くそのFM放送の番組が流れていた。

確か、最初にクラスの買い出しに出かけたときもそうだった。二斗に「有志ステージスタッフになった説明」をしながら、俺は片耳でその放送を聞いていたんだ。

「で、実は先日、区役所に相談に行きまして」

俺は説明を続ける。

「その『コミュニティFMすぎなみ』で、天沼高校有志ステージの番組をやらせてもらえないかと相談したんです。碧天祭当日までの、期間限定で」

「……え。ええ⁉」

あまりに予想外だったらしい。

教頭先生は一度メガネを外し、まじまじと手元のプリントを見る。

「区役所で……番組の、相談……」

「ええ」

「そ、それは」

と、顔を上げこちらを見ると、

「ちゃんと、誰か教師に言ったんですか⁉　生徒たちだけで勝手にやっちゃダメでしょう！」

「ああもちろん、先生にも言いました。文化祭統括の御手洗先生と、担任の千代田先生に。千代田先生は、当日区役所にも付いてきてくれました」

「……な、なるほど」

「それで――」

うなずく教頭に、俺はずいと身を乗り出して、

「――OKもらえまして」

声に力をこめて、はっきりそう言った。

「番組を、やらせてもらうことが決まりました」

――担当者も、非常に乗り気だった。

俺たちの持っていった企画を、大喜びで受け入れてくれた。

元々、若年層にも聞いてもらうため、地域の学生に出演してもらう番組をやりたいと考えていたらしい。そのタイミングで、文化祭の企画と絡(から)めた番組。そのうえ『メインステージに勝ちたい』というわかりやすい目標まである。

断る理由が思い付かない、とまで言ってもらえた。

そんなわけで、出演者の登場する三十分番組が、これから毎日『コミュニティFMすぎなみ』で放送される予定だ。実を言うと既に初回二回分……吾妻(あづま)先輩が出演する回は収録済み。あとは、放送を待つのみだったりする。

「それで……区の担当の方も、是非天沼(あまぬま)高校でも放送を、と」

教頭先生に、俺は話を続ける。

「一緒に盛り上げていけるとうれしい、とのことでした。どうやら区長さんも、この企画のことを褒めていたそうで」

「区長まで……」

「ずいぶんと揺れている様子の教頭に、俺はもう一度尋ねる。

「昼の放送で、流せませんか？　うちの高校でも、この企画に乗ってもらえないですかね？」

――こういうのが、効くはずだ。

ルールを守るのが好きな教頭は、つまるところ上からの指示に弱い。

決められたものを守ることに快感を覚えるタイプは、『区』みたいな自治体の希望を断れないはず――。

……こういう搦め手は、六曜先輩の苦手分野だろう。

真正面からぶつかりがちなあの人は、教頭みたいなタイプとすこぶる相性が悪い。

だからこそ……俺みたいなやつが。

姑息に色々動くこともできるタイプが、ここを突破する。

それが今回の、俺のアイデアだった。

そして、案の定。じれったい数秒間の間を置いたあと、

「……わかりました」

ため息をつき、教頭は俺たちにそう言ったのだった。

「昼休みの……番組の放送を許可します」

＊

昼の放送の許可を得た、その翌日。

さっそく番組第一回が、昼休みに流された放課後。

しばらくぶりに待ち合わせをして、俺と二斗は一緒に帰っていた。

「……久しぶりだな」

「うん」

「最近、お互いバタバタしてたもんな」

「そうだね」

こんなに話すのは……あの日以来。

二斗に『あなたの人生を狂わせる』なんて言われて以来だろうか。

ふう、と息を吐き周囲を見回した。

駅へ続く見慣れた通り。日は沈み、東の空はすっかり群青色だ。

西の空では橙の残光が複雑に滲んで、二斗の髪がその色合いに映えている。

そんな景色を眺めながら、ぽつぽつと言葉をこぼし合う。

「本番まで、一週間か。ちょっとは落ち着いたのかよ？」

「うん。わたしは自分の演奏が、やっぱりいまひとつって感じだけど」

「えーほんとかよ。そうは言っても、普通にすげえんじゃねえの？」

「どうだろ。でも納得はいかないかな。もう一歩先に行けないと、不安なまま本番になっちゃうかも」

あくまで軽い声色だった。

いつも通りのなんてことのない会話だった。

けれど……はっきりと、距離を感じた。

俺と二斗、肩がぶつかるほど近くにいるのに、薄皮を隔てて話すような感覚。

二斗の声に、言葉に、かすかに滲んでいる小さな緊張。

……やっぱり、二斗は自分を許せずにいる。

六曜先輩を傷つけるかもしれない、最終的には俺の人生を狂わせるかもしれない自分に、罪の意識を覚え続けている。

だから——俺は、伝えようと思う。

俺が今思っていること、したいと思っていることを。

二斗にも……楽しんでほしいから。

碧天祭を、何度目かわからないこの高校生活を、できればいいものにしてほしいから。

「俺は……」

──一歩ずつ歩きながら。

小さく息を吸って、そう切り出した。

「……幸せになるよ」

ふいを突かれたように、二斗がこちらを見る。

その目をまっすぐ見返しながら、なんだか笑ってしまいながら、

「俺は──何があっても絶対に幸せになろうって決めた」


宣言するように、二斗に言う。

「確かに、二斗からすれば人生を狂わされたように見えたのかもしれない。実際不幸だったのかもしれないし、正直言えば……微妙に心当たりもある」

一度目の高校生活。

何もできないままだらりと過ごしてしまった三年間。

あれが二斗のせいだったとは思わないし、百パーセント自業自得だと思う。

けれど……傍から見れば、不幸にしか見えなかったのかもしれない。二斗からすれば『自分に人生を狂わされた』なんて思えるのかもしれない。

「だから、俺決めたんだ」

視線を前に戻すと、駅近くの繁華街が見える。

何度も通った見慣れた街並み。街灯の点り始めた、ごく当たり前の光景。

けれどそれは——、

「俺が変わろうって。まずは俺自身が、俺自身を幸せにしようって」

——一度目の高校生活よりも、鮮やかな景色に見えた。

二斗のすごさに戦いていたあの頃より、離れていく彼女を見送ることしかできなかったあの頃より、目の前の景色は高精細だ。

そんな風に——見ることができる。

「考えてみれば俺なんて恵まれてるんだよな」

言って、笑顔を二斗に向けた。

「両親はまともだし、金持ちとは言えないけどちゃんと生活できてるし。都内に住んで、高校にまで通わせてもらえてる。良い友達までいる。世の中、そうじゃない人だっていっぱいいるのに」

「それは……そうだね」

「そういうとこで苦労してないんだから、ここからは俺自身の責任だ。俺は自分の人生を、ちゃんと自分の責任で進んでいきたい。本当に目指したい場所に、近づく努力をしようと思う。そこで起きることは——二斗のせいでも何でもないよ」

本心から、そう思う。

俺は自分の意思で、二斗のそばにいることを決めた。

その責任は誰のものでもない、俺自身のものだ。

誰にも渡したくない。

「で、それは多分……六曜先輩も、同じなんだよ」

六曜先輩。

その名前が出て——二斗は小さく唇を噛む。

「あの人はあの人の責任で、自分の未来を摑もうとしてるんだ。それで摑んだものは成功であっても失敗であっても、あの人のものだよ。だから——」

気付けば——俺たちは駅前に着いている。

都心の寮に住む二斗を、何度も見送ってきた荻窪駅。

周囲の灯りに照らされて、二斗は白い光を乱反射して見える。

そんな彼女に——、

「二斗は——二斗のやるべきことをやってくれ」

——俺は、そう言う。

背中を支えるように。

どこか小さく突き放すように。

「それがきっと、俺たちの幸福にも繋がるから」

「……そう」

視線を落とし、二斗は嚙みしめるように言う。

「それが、巡たちの幸福に……」

「……というかさ」

と、そこで俺は声のトーンを上げる。

「正直……有志ステージ、やべーことになってきたから。盛り上がりまくってるし、告知もバンバンしまくってるから！」

そうだ——俺たちはこれから、対決しようとしているんだ。

いつまでも、湿っぽい感じで励まし合っている場合じゃない。

ここからは、良きライバルとして。

侮ることのできない敵として、二斗の前に立ちたい。

「ぶっちゃけ、マジで勝てる気がし始めてる。俺たちで、二斗に」

その言葉に――二斗はぽかんと口を開く。

本気で驚いたような、それこそ鳩が豆鉄砲を食ったような表情。

――きっと、こんなセリフを聞くの、初めてなんだろう。

彼女が何度も繰り返してきたループ、繰り返してきた高校生活。

その中で、俺がこんなことを言うのはきっと初めて――。

二斗を本気で驚かせることができた。「知らない未来」を見せられるかもしれない。

そのことに、俺は内心拳を強く握る。

けれど――二斗もやられてばかりじゃない。

「……へぇ」

らしくもない表情を引っ込めると、彼女は獰猛な笑みを浮かべた。

「わたしに、勝つ、ねぇ……」

「ああ。むしろ二斗がいつまでも落ち込んでるなら余裕だな。祭りの空気、全部かっさらってやるよ」

「ふうん……」

俺のあからさまな挑発に、酷く楽しそうに二斗は目を細める。

「そんなに自信あるんだ。寄せ集めのメンバーで、わたしたちに勝つなんて」

「ああ」

俺は、はっきりと彼女にうなずいてみせる。

「寄せ集めのメンバーだからこそ、頑張れてるんだよ。天才じゃないからこそ、俺たちは戦えてる」

——天才じゃないからこそ。

そうだ、そんな戦い方があると、今回気付くことができた。

一つ一つのパフォーマンスのクオリティは、メインステージに敵わないかもしれない。

精密さも美しさも技術力も、遥かに及ばないのかもしれない。

でも——熱量。

そんな相手に、なんとかして挑もうという俺たちの熱。

それがきっと、戦いの行方を大きく変えてくれるはず。

だって、舞台は碧天祭。コンクールでも賞レースでもなく——祭りなんだから。

「それは楽しみだね……」

薄い笑みでそう言う二斗。

その表情には、高揚とほんの少しの苛立ち、何より期待が滲んでいる。

そして彼女は胸を張ると、可憐な笑みで。

見るもの全てが恋してしまいそうな表情で、

「わたしが——全員まとめて倒してあげるよ」

ラスボスみたいなことを言ったのだった――。

「――次元の違いを、見せてあげる」

第六話 | chapter6

【Carnival】

——碧天祭当日、朝がやってきた。

天気は快晴。気温は十一月にして温か。

初冬の日差しに木々が銀色に煌めいて——抜群の、文化祭日和だった。

そして——天沼高校第一体育館。

全校生徒の集まった、その壇上にて。

「——うわー、マジあっという間だったな」

六曜先輩が——友達に語りかけるような口調でそう言った。

「俺が文化祭実行委員長になって、二ヶ月くらい。みんなの準備も、同じくらいの期間だったと思うけど……どうよ？　ばっちりやれたか？」

その問いに、俺は大きくうんとうなずいた。

周囲の生徒たちも、それぞれの感慨をこめた様子でうなずいたり、じっと六曜先輩を見つめたりしている。


——オープニングセレモニー。

一日だけの開催となるこの碧天祭は、体育館で行われるこの行事から始まる。

校舎内展示、模擬店それぞれの担当者の挨拶や、統括の御手洗先生のお話。

そして最後に——実行委員長。六曜先輩の挨拶があって、お祭りは開始となる。

辺りには、既にむんとした熱気が立ちこめていた。

壇上を見上げる生徒の顔に滲む、期待と高揚感。

ずいぶんと涼しい季節になったのに、額に汗をかいている生徒もいる。

かく言う俺も……ドキドキと緊張で、全身がなんだか火照っていた。

さあ、どうなるだろう……。

今日は一体、どういう一日になるだろう……。

「まあ、ここまで来れば長々言うことはねえよ」

六曜先輩は、そう言ってははは笑う。

「俺から言いたいのは、ケガしないように気を付けろってことと、ルールはほどよく守れよってこと。あんま難しいことは言わねえから、それぞれ良い感じに……ん？　ほどよくじゃダメ？　ちゃんと守れ？　へーい、じゃあまあ、ガッツリ守る感じで」

舞台下の御手洗先生と、六曜先輩のやりとりに笑いが起きる。

そして――彼は小さく咳払いすると。

俺たちに、自信ありげな視線を向け、

「それ以上に――楽しんでくれ」

はっきりとした声で、そう言った。

「一度しかない今年の碧天祭だ。みんな、全力で楽しもう！　つーことで……」

言うと、先輩は会場中を一度ぐるりと見回した。

「いくぞ……。みんな、準備はいいか？」

周囲のスタッフが、教師たちが、フロアの生徒たちがうなずく。

それを見届けると、先輩は大きく息を吸い込んで、

「これより——第四十三回碧天祭を開催します！」

宣言するように——そう言った。

同時に上がる大きな拍手。背後でブラスバンドの華やかな演奏が始まる。

実行委員たちが手を振りながら舞台袖へ捌けていき——今年の碧天祭が。

俺や天文同好会メンバーの、未来を決める一日が始まった。

＊

「残念だなー、クラスの方いられないのは」

「坂本には『異世界転生主人公』のコスプレして欲しかったんだけど」

「似合いそうだったのにな」

「いやそれ、どういうコスプレだよ……」

そしてやってきた、いつもの校舎。

俺や二斗の所属している、一年七組の教室前で。

俺は西上、鷹島、沖田のセリフに、思わず苦笑いしていた。

「そんなにあるか？　異世界主人公っぽい格好……」

俺たちのクラスの出し物は、先日決まった通りコスプレ喫茶だ。

喫茶店のメニューとしては簡素なものの、店員であるクラスメイトたちがコスプレをしてお客様をお迎えする、というコンセプトの模擬店である。

ちなみに……コスプレは、俺の目から見てもあからさまに気合いが入っていた。

アニメや漫画、ゲームのコスプレはもちろん。話題の芸人やスポーツ選手、ミュージシャンやＹｏｕＴｕｂｅｒ。はてはＶＴｕｂｅｒからこの学校の先生まで、全クラスメイトが思い思いの格好をしていた。

ちなみに……西上はオーク、鷹島はゴブリン、沖田は女騎士のコスプレをしていた。

よく通ったな、そのアイデア。

あと、沖田の女騎士のコスプレが無駄に似合っていて腹立たしい。

「でも、有志ステージ、相当頑張ったんだろ？」

「俺らも、時間見つけて見に行くよ」

「……おう、ありがと」

彼らの言う通り……今日、俺と五十嵐さんは、ステージスタッフとして仕事をするためクラスでの仕事を免除してもらっている。

準備にもあんまり参加できなかった上、当日まで気を遣ってもらって申し訳ない……。

ただ、その分良いステージにしようと思うし、休憩時間には客としてクラスの様子を見に行こうとも思ってる。

ちなみに二斗も、今日一日大忙しでこの場にいない。

きっと、碧天祭運営本部で辣腕を振るっているんだろう。

そして……彼女とは今日、個人的にある約束をしていた。

ステージとは全く関係ない、彼氏彼女としての約束。

それも内心楽しみで、今から既にわくわくしていて……。

うん……良い日になるといいな。良い日にしよう、と、改めて小さく決意した。

「――よし、じゃあ行こうか坂本」

教室から、荷物をまとめ終えた五十嵐さんが出てくる。

「そろそろ区民センター、開くから」

「おっけ」

うなずいて、俺も鞄を肩にかけ直す。

そして、

「じゃあ、行ってくるわ」

「おう！」

「頑張ってなー！」

西上たちに手を振り——俺たちは、有志ステージ会場である区民センターへ向かったのだった。

＊

——会場準備は、既に完了していた。

窓という窓に暗幕が貼られ、用意された照明が辺りを照らしている。

業者に搬入してもらったステージと、客席後方に据え付けられた音響機材の席。

舞台脇には大きなスピーカーが据え付けられていて、最終チェックのための曲が流されていた。

そんな客席の中央に——輪ができている。

今日まで準備を進めてきた出演者とスタッフ、全員で作られた大きな輪だ。

たった二ヶ月。

六十日程度の短い期間、一緒に過ごしてきた彼ら。

けれど、気付けばいつのまにか、そんな彼らに愛着を覚えている自分に気付く。

特に、六曜(ろくよう)先輩が本心を明かしてからは、濃密な日々だった。

遅くまで残り、練習を繰り返し告知の策を練る毎日。

言い合いになることや、ケンカに発展することさえあった。

けれど……それは全部、良(い)いステージを創り上げるため。

その目標に必死だったからこそ、そんなぶつかり合いも生まれたんだ。

そして——今日。

やってきた、本番当日。

「……ついに来たな」

六曜(ろくよう)先輩が、静かに話し始める。

「あと十分で開場だ。そこから午後四時まで、ノンストップでステージが続くことになる。こうなったら、最後まで駆け抜けるだけだ」

その場に集まった全員が、その言葉にこくりとうなずく。

先輩は、それをうれしげに見回したあと、

「……ここまで、本当にありがとう！」

そう言って——深く頭を下げた。

「俺一人の力じゃなんにもできなかった！　ここまでこれたのは、みんなのおかげだ……！

だから！」

頭を上げる六曜先輩。

彼はにっと笑みを浮かべると、

「今日は――最高のステージにしてやろうぜ！」

「「「おう！」」」

「打倒メインステージ！」

「「「おう！」」」

「そして何より――全力を出し尽くしてやろうぜ！」

「「「おう！」」」

「有志ステージ、いくぞ！」

「「「おう！」」」

――盛大な拍手が上がった。

満面の笑みを浮かべているポチョムキンズ、吾妻先輩、OBORO月夜、FLIXIONSの面々。

有志出演者もやる気十分だ。

手品を見せてくれる一年生も、人形劇を演じる先輩たちも、書道パフォーマンスを見せてくれる書道部たちも、スカウト組に全く劣らない高揚感を放っている。

そしてもちろん——俺も。

今日まで全力で走ってきた俺自身も、滾る熱気で全身が熱い。

早く見てもらいたかった。

この出演者が用意してきたパフォーマンスを、お客さんたちにぶつけたい。

いてもたってもいられなくて、そわそわと会場のチェックをしていると、

「——そろそろ開場でーす！」

タイムキープ係の生徒が、入り口でそんな声を上げる。

反射的に、ばっと辺りを見回した。

スタッフの配置はＯＫ。

トップバッター、戦艦ポチョムキンズは既に舞台袖に控えている。

照明も音響も予定通りで——うん、問題なし！

ステージを始める準備は、完全に整っている！

「……さあ、どうなるか」

こみ上げる緊張感に、俺はごくりと唾を飲み込んだ。

「初っぱなで、どれくらいのお客さんが来てくれるか……」

実のところ、現段階で結構手応えは感じている。

出演者たちがネット上で繰り広げた宣伝は、見るからに好評だった。

ＰＶは沢山再生されコメント欄には「行きます！」「遠方なんで配信見させてもらいます！」なんてコメントが並び、『コミュニティＦＭすぎなみ』にもかなりの反響が寄せられた。

だから今日……どれくらい、人が集まってくれているか。

例年、有志ステージのトップバッターを見に来るのは、二十人ほど。

今年はせめて、その倍くらいは来てくれるといいんだけど……。

「ドア開きまーす！」

考えている間に、そんな声が響く。

そして、開かれた扉の隙間から――、

「――おーすげー！」

「――去年より全然本格的じゃん！」

「――さすが、気合い入ってんな」


――沢山の人たちが、なだれ込むように入場する。

この学校の生徒、他校の生徒らしい見慣れない制服。

保護者らしい大人の姿や、出演者のファンだろうか、若めの男女まで――。

その数……百人を、超えてるんじゃないか？

こうしてみる限りだけど、何十人とか、そういうレベルじゃないんじゃないか……!?

背筋に――ジンと痺れが走った。

予想以上だ。

予想以上に、事前の告知が効を奏している……！

「上手くいった」という快感。先輩や出演者の努力が報われたという、温かい喜び。

それが今、血流に乗って身体を駆け巡る感覚がある。

人混みの中には、見慣れた顔もあった。

俺の妹瑞樹と、一緒に来たらしい真琴の姿。

あいつら、来てくれたんだな。わくわくと周囲を見回す瑞樹と、ちょっとおどおどしている真琴の姿になんだかグッと来てしまう。

さらに、コミュニティFMすぎなみのスタッフの方々。

区の職員としてお忙しいだろうに、時間を作って来てくださったらしい。

そして――桜田さん。この区民センター使用に最初は苦言を呈し、その後は地域住民として協力してくれた老婦人の姿も、そこにあった。

相変わらずおきれいにされていて、その出で立ちはそこらの高校生よりもよっぽどきらびやかで、もはや今日の出演者の一人にさえ見えてしまいそうだ。

さらに彼女は、

「ねーほら、こんなにしっかりした会場で！」

「はー、これはすごい」

「近頃は、学生でもこんな風にできるんだね」

お友達を、連れてきてくれていた。

彼女自身と同じような年頃の、お洒落な男女数名。

――そんな光景にほほえんでしまいながら。

期待を超えるスタートを切られそうなことに高揚感を覚えながら、

「よし……じゃあやるか！」

うなずきながら、俺は自分の待機場所となる舞台袖へ向かった。

＊

そして――ステージが始まり一時間ほど。

三組目の出演者が出番を終えた、転換のタイミングで。

「――坂本ー、休憩だよー」

五十嵐（いがらし）さんがそう言いながら、持ち場である舞台袖へやってきた。

「自由時間は一時間ね。遅れないように戻ってきて」

「おう、了解」

「ちなみに……どう？」

五十嵐（いがらし）さんは、不安げにそう尋ねてくる。

「ステージは、順調……？」

開場からしばらく、五十嵐（いがらし）さんは休憩を取っていた。

パフォーマンスが始まってからの様子を、彼女は知らないのだ。

「配信も、会場も……ちゃんと盛り上がってる？」

そんな彼女に——、

「んー、こんな感じ」

——言って、俺はついさっきまで行われていたパフォーマンスの動画を。

OBORO月夜のライブの映像を、スマホで掲げてみせた。

「お、おおおお!!」

——盛り上がっていた。

スマホの画面越しでもはっきりわかるほどに、ステージは盛り上がっていた。

OBORO月夜は、ハイスピードな楽曲が売りのオルタナティブロックバンドだ。

とはいえ曲にはポップさもちゃんとあって、全体的には『ネットでも評価されそうな今風のロックバンド』という感じ。踊れる曲が多く、動画サイトでもPVがかなりの再生数見られている。

そんな彼らのステージは――ここがライブハウスじゃないかと見紛うほどに大盛り上がり。客席からは歓声が聞こえ、彼らのファンらしい人々が跳ねたり踊ったり、存分に楽しんでいる。

もちろん、他のお客さんたちだって置き去りじゃない。

瑞樹や桜田さんも楽しげに身体を揺らし、手を叩いていて――おそらく二百人。会場に詰めかけたそれくらいのお客さんたちが、彼らの演奏を楽しんでいた。

「すごいじゃん！　いいじゃんこれ！」

「だろ？　正直めちゃくちゃ順調だよ」

「配信の方はどう？　視聴者どれくらい？」

「こっちは三百くらいだな……。現状、メインにまだ勝ててはいないけど、ジワジワ数字は伸びてるから……うん」

一つうなずいて、俺は五十嵐さんを見る。

「戦えてる。上手くすればマジで勝てるぞ、これ！」

「……わかった」

キッと覚悟の笑みを浮かべて、五十嵐さんはうなずく。

「ここからも、ギリギリまで告知はしていこう。ネットでも校内放送でも、まだまだねじ込めそうだし」

「おう、そうしよう——」

——そんな風に、話し合っていたところで。

「……おっ」

ポケットの中で、スマホが震えた。

どうやら、彼女から連絡が来たみたいだ。

「うん」

「……あー、あの子？」

察してくれたらしい五十嵐さんにうなずき、俺は鞄を肩にかける。

「そっか。まあ状況が状況だけど……それとは別に、楽しんできな」

「おう、ありがと」

うなずいて、俺は会場出口に向かいながら、

「じゃ、またあとで」

「うん、あとでね。楽しくなりすぎて、戻りが遅れないように」

言うと、五十嵐さんは小さく笑い、

「こう見えて、頼りにしてるんだから」

＊

「――よう、お待たせ」

「ううん、わたしも今ついたところ」

そして――戻ってきた天沼高校。

『ようこそ！　第43回碧天祭へ！』と書かれた、派手なゲートをくぐった辺りで。

「……大丈夫なのか？　メインステージの方は」

「うん、必要な仕事は、全部お願いしてきたから」

彼女は俺の顔を覗き込み――にへっと笑った。

「だから……安心してしばらく遊べるよ、巡」

――二斗。

今回、俺たち有志ステージの前に立ち塞がった強敵である彼女。

そんな彼女が今……酷くわくわくした様子で、可憐な笑みを俺に向けていた。

秋の日に彼女の髪がさらさらと煌めく。

制服のスカートに、碧天祭スタッフTシャツ。

その上にジャージを羽織った、俺と同じ格好の二斗(にと)――。

「そっか、そりゃうれしいな」

言うと――俺はちょっと緊張気味に、彼女の手を握る。

そして、

「じゃあ、行くか！」

「うん！」

賑(にぎ)わう校内へ向けて、歩き出したのだった。


「――ちゃんと、一緒に文化祭を回りたい」

最初にそう切り出したのは、俺の方だった。

「二斗(にと)、副実行委員長だし、メインステージも回さなきゃだし、そのうえ出演者でもあるから、忙しいだろうけど……」

数日前の放課後。並んで帰る、駅までの道で。

俺は――意を決して彼女に言った。

「やっぱり俺……一緒に碧天祭(へきてんさい)、楽しみたいんだ」

なんとなく、最近そういう雰囲気じゃなくなっていたんだ。

例の『人生を狂わせちゃう』の一件もそうだし、文化祭の準備が忙しくなったのもある。

それに……勝負の件。

俺たちがメインステージに戦いを挑んでいる件もあって、ちょっと関係がピリッとしていた。

仲が悪くなったとかそういうことではないんだけど、どこかよそよそしい空気があったというか。

でも、それ以前に。

大前提として——二斗は俺の彼女なんだ。

勝負を挑むとかそういう話以前に俺は二斗のことが好きで、二斗も俺のことを好きだと言ってくれていて、彼氏彼女の関係だ。

だったら……楽しみたい。

初めてこの関係で訪れた文化祭というチャンスを、一組のカップルとして楽しみたかった。

そして、俺のそんな提案に、

「……わ、わたしも！」

二斗もそう言ってうなずいてくれた。

「わたしも、巡と文化祭で遊びたい！」

——手をギュッと握り、こちらを見ている二斗。

——期待に煌めく目と、桃色に染まった頬。

この話が予想外だったのか、ちょっと焦っているようにも見えて。

その表情が——たまらなくかわいらしく見えて、

「じゃ、じゃあ……予定、調整してみようぜ……」

必死に気持ちを抑えながら、俺はそう言ったのだった——。

「休憩時間とか、合わせられないか……ちょっと周りに、相談してみよう……」

——そんなわけで。

俺と二斗は、忙しい中スケジュールをやりくりし。

こうして——二人きりで碧天祭を楽しむ時間を、手に入れたのだった。


「——にしてもさ……」

そして——二人で歩くこと数分。

「初っぱなから、ここを選ぶかね……」

二斗の希望で到着した、その場所で。

俺は頭をかき、小さくため息をついていた。

「えーでも！　自分のクラスだもん！　どんな感じか見たいじゃん！」

それでも二斗は、不満げにこちらを振り返りそう主張する。

「巡(めぐり)は、クラスメイトが何してるか興味ないの⁉」

「そりゃ、ないことはないけどさあ……」

二斗(にと)の言う通り——俺たちが来ているのは自分のクラス。

つまり、一年七組のコスプレ喫茶の前だった。

いつもの地味さと違い、派手に飾られたその教室。

『コスプレ喫茶』と書かれたどでかい看板の下には、現在のスタッフ一覧が貼ってあって、今現在は『K—POPアイドル』『某大御所芸人』『某人気VTuber』『オーク』『女騎士』などが店員を務めているらしい。どんな取り合わせだ。

……うん、まあ確かに気になる。

クラスの展示がどんな感じか、ちゃんとお客さんが入ってるのかは気になる。

けど……せっかくの文化祭。しかも二人っきりになれたタイミングなんだ。

だったらこう、もうちょい普段とは違う感じのことをしたかったんだけど……。

「いいから入るよ！」

「あーもう、わかったわかった」

強引な二斗(にと)に苦笑しながら、手を引かれて教室に入った。

そして——、

「おお……大盛況！」

「マジだ、すげえな！」

——そこに広がっている光景に、思わずそんな声を上げた。

ほぼ、満席だった。

いくつものテーブル、椅子が並べられたその店内は、ほぼほぼ客で埋まっていた。

そして、不思議なことに……、

「あれ……客までコスプレしてね？」

なぜか……テーブルについている人たちまで。

教室内を行き来するスタッフだけでなく、来てくれたお客さんまで何組かコスプレしているように見える。

なんで？　そういうのって普通、店員だけじゃないの……？

「——おー、坂本(さかもと)と二斗(にと)さん！」

女騎士の格好をした沖田(おきた)が、俺たちを見つけてこっちにやってくる。

「いらっしゃい！　空いてる席に座っちゃってよ！　あと、コスプレ希望だったらこっちに着替えスペースあるから——」

「——いやいや、いつの間にそんなことになったんだよ！」

どうしても気になって、俺は彼に尋ねる。

確かに、教室の片隅にはコスプレ衣装が集められたブースと、覆いで囲われた即席の着替えスペースがあった。

「スタッフだけがコスプレする予定だったろ？　なんでお客まで……」

「いやあ、実は自分もコスプレしたい、ってお客さんが結構いてさ」

なぜか妙に似合う女騎士のロングヘアーを掻き上げ、沖田が言う。

「だから、急いでスペース作って、衣装もドンキで補充してきて。お客さんもコスプレ楽しめるようにした！」

「へえ……」

なるほど、お客さんからの希望……。

変わったお客さんもいるもんなんだな……。

にしても、当日で衣装の補充とスペース確保するとか、思いのほかモチベーションが高くてビビる。もしも有志ステージ担当じゃなかったら、クラス展示はクラス展示でなかなか楽しめたのかもしれないな……。

返す返す、一度目の高校生活で文化祭をスルーしちゃったの、もったいないことしてたんだなと自覚する。

そんな俺に——、

「——わたしも、コスプレしたい！」

——二斗が勢いよく言った。

「わたしも――なんかいつもと違うの着たい！」

「え。ええ……」

「お、二斗さん大歓迎だよ！　こっちにどうぞ」

「やったー、何にしようかなー」

沖田に連れられ、楽しそうに衣装スペースに向かう二斗。

「お、おい待てって！」

置いていかれそうになった俺は、気乗りしないままで慌てて二人のあとを追ったのだった。

そして――お互い衣装を選び終え。

入った着替えスペースにて――。

「……いや、おかしいだろ」

「ん？　何が？」

「どう考えてもおかしいだろ……」

「だから、何がおかしいの？」

「……一緒に着替えてるのがだよ！」

カーテンに覆われた、その狭い一角で。

俺は――二斗にそう叫んだのだった。

「コスプレしたいのはいいよ！　俺が付き合うのも最悪構わんよ！　けど……同じ場所で着替えるのは、どうなんだよ！」

そう……この畳二畳分ほどのスペースに。

決して広くはないこの着替えブースに、俺と二斗は一緒にぶち込まれてしまった。

男女で別の空間が用意されていそうなものなのに、至近距離で一緒に着替えることになってしまったのだった。

「えー、だから大丈夫だって」

二斗はそう言って――自分が選んだコスプレ衣装を。

ティラノサウルスの着ぐるみを、俺に掲げてみせる。

「ほら、衣装全部制服の上から着れるやつだから。今着てるの脱がなくていいし」

「そりゃ、そうかもしれねえけど……」

それでも、男女が同じ部屋で着替えるのってどうなの？

なんか、ちょっとダメな感じしない……？

ちなみに俺は悪役令嬢のコスプレをする予定だ。どうしてこうなった。

沖田のおすすめしてくれた衣装がこれだったんだけど「俺にはわかる」「今あるのだと、坂本にはこれが似合う」と猛プッシュされ、なんか俺もこれを着ることになってしまった。

「よいしょ……」

そう言ってる間にも、二斗はティラノサウルスの頭部分を被ろうとする。

手を上に大きく伸ばし、ティラノヘッドを装着する二斗。

どうにもそれが上手くはまらないらしく、

「んー？」

とか言いながら、もぞもぞとフィットするポイントを探している。

そんな彼女の隣で、金髪縦ロールのウィッグを被ろうとしていた俺は、

「……ん？」

──気付いた。

気付いてしまった──。

「……っ！」

お腹が見えていた。

腕を上に伸ばしたせいで、碧天祭スタッフTシャツの裾が持ち上がり。

スカートとの間に、二斗のお腹が覗いてしまっていた。

「……！」

一瞬見えた、白い肌。

男の俺よりもずっと細い、その腰回り。

STAFF

……いかん！　そんなの見てるところバレたら、マジで気まずすぎる。

二斗のことだから「あれ～？」「巡、わたしのお腹に見とれてたの？」とかいじってきかねない。

だからここは、グッと我慢して俺の着替えに集中しよう……。

「……」

しかし二斗、被り物してるよな。

多分視界、かなり狭いよな。

今上手く頭にはまってないし、全然こっちを見えてなさそうだな。

ふーん、そっかそっか……。

二斗、完全に無防備か……。

……。

……とりあえず、俺の着替えを進めよう。

俺は椅子にかけておいたドレスに手を伸ばし——その際、うっかりもう一度そのお腹に目をやってしまう。不可抗力である。

さっきちらりと見た、その滑らかな肌。

きめ細かくてさらりとしていて、思わず触ってみたくなる質感だった。

そして……意外と、ぷにっとしている。

二斗、全体には細身ですらっとした印象なのに、そのお腹はほんの少しだけお肉がついて柔らかそうだった。

赤ちゃんのほっぺたのような、ふくよかで滑らかなそれ。

思わず触ってみたくなる欲求を覚えて、慌ててそれを抑えこむ。

そして——おへそ。

柔らかに落ちくぼみ、影を作っているおへそである。

男の俺と構造上はそう違わないはずだ。

ただお腹の真ん中に、小さなくぼみがあるだけ。

けれど、それはなんだか妙に蠱惑的で、なぜかそこから目を離せなくなって——、

「——巡？」

「うおあぁっ⁉」

突如名前を呼ばれて——大声が出た。

弾かれるようにそちらを向くと、

「何……ガン見してるの？」

二斗の目が、俺を向いている。

とっくにティラノヘッドを装着し終えたらしい、鋭い歯の生えた口の奥から顔を覗かせ……

二斗がこちらを見ていた。

「……あ、ああいやいや！　別に何も……」

「……うそ、見てたでしょ」

半眼になり、二斗はじっとこちらを見る。

「巡、わたしのお腹見てたでしょ……！」

「そ、それはその……不可抗力で！」

や、ヤバい！　バレてた！

お腹ガン見してるの、思いっきり気付かれてた！

「たまたまちょっと目に入っただけで、見てたってほどでは……」

慌てて申し開きをするけれど、二斗は取り合ってくれない。

「ちゃんと気付いたもん。めちゃくちゃ見てたよ巡、しかもちょっと笑って……」

「わ、笑って……⁉」

俺、そんな感じだったの⁉

お腹見ながらほほえんじゃってた⁉　我ながらキモすぎる……！

さすがにこれはどん引きされたか……。

もしかして、これをきっかけにフラれるんじゃ？

と、内心怯えていると……、

「……太いって、思ったんでしょ」

低い声で、二斗がそんなことを言う。

「こいつ、意外とデブだなって思ったんでしょ……」

「……は⁉」

太い⁉　デブ⁉

一ミリもそんなこと思ってねえよ！

「そ、そんなわけねえだろ！　むしろ、ちょっときれいだなって思ったくらいで……」

「嘘だ！　だってわたし太ったもん！」

Tシャツの裾を強く下に伸ばし、ティラノヘッドの中から二斗は大声で言う。

「碧天祭の準備が忙しくて、実際二キロ太ったもん！　だから笑ったんでしょ！」

「だから違うって！　やらかそうで触ってみたいと思っちゃっただけで――」

「――ほら、やらかいって！　だから太いと思ったんでしょ――」

――気付けば、そんな言い合いになってしまっていて。

見てない振りも不可抗力の振りもできなくなってしまって、俺らの言い合いは沖田が「おいおい、痴話ゲンカかー？」とやってくるまで続いたのでした……。

＊

「――しかし、本当に大盛況だな」

その後……お茶とお菓子で二斗に機嫌を直してもらいつつ。

俺と彼女は、文化祭一色に染まった校舎内を二人で歩いていた。

「クレープとか焼きそばとか、定番の屋台も色々あるし……あっちはアイドル研の完コピステージ、こっちには文芸部のビブリオバトル大会……」

「ふふ、すごいよね。ほら、美容室の模擬店まであるよ！」

二斗が指差す先を見ると……彼女の言う通り。

どこかのクラスが、『サロン・アマヌマ』という美容室を開いているのが見えた。

多分、家が美容室の生徒とか、美容師志望の生徒とかが髪を切ってくれるんだろう。

斬新すぎるだろその模擬店。

さらには――校内放送。

放送部が常に流している校内向けのラジオ番組では――、

『――それでは、次に先生持ち込みのコーナーです。皆さんご存じ、現文の千代田先生がお送りする、その名も「失恋相談ももせ」～！』

『千代田です。よろしくお願いします』

――噴き出した。

模擬店で買って飲んでいたタピオカミルクティーを噴き出した。

何やってんだよ！

千代田先生、いきなり放送に出て何やってんだ!?

ていうか『失恋相談ももせ』。一体何をやるコーナーだ!?

そんな疑問に答えるように、

『このコーナーでは、最近失恋してしまった生徒からの相談に、わたし千代田百瀬が親身にお答えします。恋は終わり際が肝心です。恋に破れてしまったあなた、そんなあなたからの相談をお待ちしています』

失恋の相談!?　文化祭で、そういう話ってハードル高すぎだろ！

それに、なんか妙に手慣れた話し方の千代田先生……。

……さては、初めてじゃねえな!?

これまでも、前勤めてた学校でもやってたな!?　これ！

あの人、真面目そうに見えてこういうところぶっ飛んでるんだよなあ……。

だからまあ、結構千代田先生のことは好きだし、信頼もしてるんだけど……。

「……ふう」

と、一通り校舎を見終えて小さく息を吐く。

実は……このあと、俺たちはとある場所に向かう約束をしている。

彼女に、あるものを見せる約束を。

「じゃあ……向かうか」

俺は、隣の二斗に緊張気味にそう切り出した。

「そろそろ、休憩時間も終わりそうだし」

「だね」

二斗はそう言って、あっさりとうなずいた。

「じゃあ、見せてもらっちゃおうかな――有志ステージ」

こちらを見て、彼女は笑う。

「巡たちの頑張りを、とくと見せてもらいましょう！」

――気負いも不安もない、明るい笑み。

――絶対的な自信を覗かせる、落ち着いた表情。

そう――有志ステージを見せる。

二斗の言う通り、俺はこのあと……この子に有志ステージを見せる約束をしていたのだ。

「おし、行くぞ」

言いながら、俺は昇降口へ向けて歩き出す。

……どうなるだろう。

二斗は今も、自分が負けるとは一ミリも思っていない表情だ。

それもそうだろう、少し前まで二斗は、こちらの進捗をこまめに確認していた。

六曜先輩が本心を打ち明ける直前くらいまでは、予定されているパフォーマンスの動画のチェックまでしていた。

だとしたら……自分の方が良いステージをできると。

今回の碧天祭の空気を持っていくのが、自分であると確信しているはず。

だから……そんな彼女が実際のステージを見て、どんな反応をするか。

それがどうにも怖くて、心臓が酷く高鳴って……俺はぎこちない動きのまま、彼女を区民センターに案内する。

*

「──じゃあ、入るぞ」

「うん」

「準備はいいか？」

「大丈夫だよー」

そして──到着した区民センター。

体育館の入り口前で、扉に手をかけ二斗に尋ねた。

──センターの混み合い具合には、二斗も驚いたようだった。

辺りには有志ステージを見に来た人、その帰りの生徒や地域の人が溢れるほどに集まっている。この光景は、二斗としても予想外だったらしい。

現在、ステージでパフォーマンスしているのは……吾妻きらら先輩だ。

ＴｉｋＴｏｋで有名になった、かわいらしい女性ダンサー。

彼女は出演者の中でも最も『打倒ｎｉｔｏ』に力を入れていたし、実際動画や配信での告知も、絶え間なく繰り返してくれていた。

今も扉越しに、音楽とファンたちの歓声が漏れ聞こえてくる。

だから——きっと大丈夫。彼女は、最高のパフォーマンスをしてくれているはず。

大きく息を吸い込み、意を決して扉を開く。

そして、会場に入った俺と二斗は——、

「——おおおおおおおぉぉっ！」

「——……マジか……」

——熱気の渦が巻くそのフロアで、二人してそんな声を上げてしまった。

きらびやかな照明に照らされ、ステージ上で踊る先輩。

かわいらしい身振りや手振り。

自分がどの角度からどう見えるか、どう動けばどう見えるかを熟知しきった、圧倒的に『Kawaii』ダンス。

それがスピーカーから流れ出す、人気のボカロ曲にばっちりとハマっていた。

そして何より——客席だ。

吾妻先輩のファンらしい、沢山の若者たち。

彼らはサイリウムを手にそれを曲に合わせて振り、声援を上げる。

その熱量で体育館内はとんでもない熱気が渦巻き、ビートに合わせて床が振動するのさえ感じられた。

——幻想的。

日常から離れた別世界を思わせる空間が、そこに生まれている。

呆けたように見守るうち、曲が終わる。

大きな声援と拍手が上がり、吾妻先輩がマイク越しに彼らに礼を言う。

「みんなありがとー！　声援うれしいよ！　踊ってくれる人もありがとう！」

鈴が転がるようなかわいらしい声。

客席のボルテージも一気に上がって、若い男女の声援が彼女に向けられた。

「ずいぶん暑くなってきたから、体調には気を付けてね！　熱中症とか起こさないように！」

気づかいの声に、もう一度歓声が上がった。

「ありがとー！」「気を付けるねー！」なんてセリフも聞かれる。

隣で二斗が、そのやりとりに身じろぎするのが見えた。

さらに――、

「でー、そういうのを踏まえた上で……」

ふいに、吾妻先輩は声を低くする。

そして、上がり続けていた歓声が静まったところで。

――深く深く、ため息をついた。

……え、何？　どうしたの？　なんか空気変わったけど……。

戸惑っていると、彼女は小さく口を開き――、

「……なあ、それで勝てると思ってんのか？」

つぶやくように、そう言った。

「……本当にそれくらいでメインに……ｎｉｔｏに勝てると思ってんのか⁉」

徐々に大きくなっていく声。

客席から、動揺のざわめきが上がる。

……ど、どうした？　突然何があった……？

この人、そういうのを人前で言うタイプだったっけ……？

そして、

「勝てねえよな!?　まだまだこんなんじゃ足んねえよな!?」

彼女はついに――そう叫んだ。

ヤンキーである。口調が完全にヤンキーである。

「お前らだって、まだまだこんなもんじゃねえよな!?　なあ、もっとやれんだろ!?」

言葉の一つ一つに力が、絶対に勝ちたいという意思がみなぎっていく。

その叫びに――客席も完全に彼女に釘付けだ。

「認めるよ、ｎｉｔｏはマジですげえ！　天才だし、しかも超かわいい！　普通にやってたら負けるだけだ！　だけど……」

マイクを強く握り――吾妻先輩は客席を見る。

そして――、

「それでも――わたしは、わたしたちはあいつに勝ちたい！」

——その声が、体育館内に大きく反響した。

「配信でも言っただろ!? 今日の目標は、あいつに勝つこと! 有志ステージで、メインステージを越えること! 絶対に、それを叶えたい!」

客席から——大きな歓声が上がった。

「勝とうよ!」「絶対勝てるよ、きららちゃんなら!」なんて声まで聞こえる。

「ありがとう……」

と、小さくつぶやく吾妻先輩。

そして、

「でもそれには……みんなの力が必要なの!」

そこで——先輩の表情、普段のかわいらしいものに戻る。

庇護欲をそそられる、かわいらしい上目遣い。

「わたしだけじゃダメなの……みんなの声援が、応援が必要なの……」

うるうるに潤んだ瞳。両手ギュッと握ったマイク。

そして——彼女は客席に言う。

「だからお願い、力を貸して！」

——はち切れんばかりの歓声。

——割れそうなほどの拍手の音。

そして——、

「じゃあ次の曲！　もっともっと盛り上がっていこうね！　『ショコラ☆きゅん☆フロマージュ』！」

先輩の紹介で——次の曲が流れ出す。

女の子の恋を歌った、かわいらしくてポップな楽曲。

その響きに合わせて踊り出す先輩と——大きくうねる客席。

その熱量は、さっきを遥(はる)かにしのぐほどで。客席後方に立っているだけで全身に汗が滲(にじ)むほ

ど
で、

「――巡」

舞台に釘付けになる俺の耳に、二斗の声が響いた。

叩かれた肩、至近距離にある彼女の口元。

「わたし、もう行く」

「あれ、そうか。まだ時間はあるはずだけど……」

言いながら――振り返ると。

予定より早いな、なんて思いながら彼女を見ると、

「ごめん、色々準備あるから」

真剣な顔をした二斗が、そこにいた。

「ちょっと早いけど、もう戻るね」

それだけで……俺は理解した。

二斗は――脅威を覚えたんだ。

吾妻先輩の言葉に、盛り上がる客席に――焦りを覚えた。

――nitoとして日本中で注目を浴びる彼女が。

――俺たちのステージに、恐れをなしている。

「……ああ」

言って、俺はうなずいてみせる。

今、俺ができるのは二斗（にと）を送り出すことだけだろう。

きっと、余計な言葉も気づかいも不要なはずだ。

「じゃあ、頑張って」

「うん、ありがとう」

「本番は、見に行くから。楽しみにしてる」

「わかった」

それだけ言うと、二斗（にと）は振り返る。

こちらに背を向け、キビキビとした足取りで去っていく。

それを見送ると——俺は一つ息を吐き。客席に渦巻く熱気の間を抜けて、スタッフの控え場所に戻った。

*

「——勝ってる！　メインステージの数、また越えた！」

五十嵐さんがそんな声を上げたのは——碧天祭も終盤。

有志ステージの出演者も、残すところFLIXIONSだけになったタイミングだった。

「よし、いいぞ……」

「マジでいけるんじゃねえの……!?」

ステージ袖のスタッフスペースにて。

パソコンを見ている彼女の周囲に、スタッフたちが集まる。

五十嵐さんは興奮気味に画面を指差すと、

「ほらこれ！　メインステージが九百八十七人で、こっちが今……千十一人！」

おおおお、と辺りに歓声が上がった。

ここまでも、配信の視聴者数はリアルタイムで追ってきていた。

最初から、ネット上の数字はメインステージと良い勝負をできている。

常に数字は競っていたし、こちらが上回ることも何度もあった。

体感では……トータルで、こっちが勝ってるんじゃないか？

ネットに関して言えば、有志ステージ優勢じゃないか……？

勘違いでも何でもなく、そんな推移でここまでやってきていた。

実際の会場訪問者数はまだカウントできていないけれど。

それがわかるのは文化祭閉会後で、勝負の行方はそのときまでお預けだけれど……こちらも常に、体育館は満員に近い状態だ。少なくとも、あちらに大きな差を付けられていることはないはず。

……本当に勝てるかもしれない。

メインステージに、勝ってしまうことができるかもしれない。

そんな期待感が——有志ステージ全体に漂い始めていた。

「……坂本、最後は見てくるでしょ？」

パソコンから顔を上げ、五十嵐さんが言う。

「千華のライブ、見てくるでしょう？」

「……おう」

うなずくと、全員の視線が俺を向いた。

「悪いけど、行ってくるよ。相手の様子、しっかり見届けてくる」

「うん」

五十嵐さんはそう言い、小さくうなずいた。

「じゃあまた、あとで会おう」

「うん、じゃあまたあとで」

言い合って、俺は会場を出る。

区民センターを抜け通りに出て、そこで大きく深呼吸する。

これで、俺たちの未来が決まる。

六曜先輩の対決の行方も、ｎｉｔｏのメジャーデビューの行方も。

そしてもしかしたら、俺と二斗の関係も。

それでも、覚悟を決めて俺は一歩一歩前に進む。

向かうは——天沼高校第一体育館。ｎｉｔｏが出演する、メインステージだ。

＊

「……やっぱり、さすがだな」

やってきた、第一体育館。

その客席の混雑具合に——俺は気付けばそうこぼしていた。

「何人いるんだよ、これ。マジで千人超えてるんじゃないか……？」

全校集会のときには、千人近い生徒が集まるそのフロアが満席になっていた。

椅子が並べられ普段ほどはスペースはないけれど、立ち見の客の姿も沢山見える
トータルでは、それくらいいっていてもおかしくない……。

「……リードを、守り切れるかだな」

多分……ここまでの観客数は、やはり有志ステージがやや多いくらいだと思う。

ネット上、実際の来場者数合わせても、おそらくメインステージをしのぐことができている。

だから勝負は……ここから、こらえ切れるか。

ｎｉｔｏが大きく数字を伸ばすだろうことが明らかな中、ＦＬＩＸＩＯＮＳが耐えきってくれるか……。

「……いや、きっと大丈夫だな」

彼らが今日まで必死で頑張ってくれたことは、誰よりも俺がよく知っている。

繰り返す告知とパフォーマンスのブラッシュアップ。

ダンスチームというものに興味を持ったことはなかったけれど、昨日のリハーサルでは感動のあまり泣いてしまうほどだった。

だから、彼らもきっと数字を伸ばしてくれるはず。

なんとか、この場をしのいでくれるはずだ……。

そして、

「――来たな」

会場の照明が落とされ、ステージに灯り（あか）が点る（とも）。

メインステージらしく簡素な、グランドピアノとマイクだけが置かれた壇上。

両サイドのスピーカーから、ｎｉｔｏを招き入れる音楽が流れ始める。

……さあ、どうなるか。

今日nitoは、どんな演奏を繰り広げるんだろう……。

不安と同時に、正直に言えば期待も覚えていて。

その相反する二つの感情に、俺は体育館、ちょうど中央辺りの席で、そわそわを抑えることができない。

俺は、nitoの歌が好きだ。

彼女の曲が好きだ。

だから純粋に、今日のステージを楽しみにしている。

良(い)いものが見られるといいなと、思っている——。

——そして。

短く間を明けて——nitoが現れた。


——会場が、どよめいた。


いや、会場だけじゃない。

その姿に——静かにピアノに向かうnitoの姿に、俺も声を上げていた。

「え……二斗(にと)……？」

——真っ白なワンピース。

足首まである真っ白な、華奢な装飾のされたワンピースを、彼女は身に纏っていた。

これまで、二斗が着ていたのは主に黒いワンピースで。

サイトのデザインもPVのイメージでも黒が印象的に使われていた。

それがきっと、彼女の『影のある天才』というイメージをよりひきたてていたんだと思う。

実際、深刻な顔で歌う彼女にその色はよく似合っていた。

けれど——白。

今までと真逆の色。

それが不思議と、似合っているのだ。印象は晴れやかで、どこか足取りも軽く見えて……新しい彼女の一面を見たような気分になる。

ただ、一番の変化はそこじゃない。

周囲がどよめいた理由は、服装じゃない。

ｎｉｔｏがステージ正面に立ち、こちらを向く。

深く頭を下げてから、顔を上げ——笑った。

無邪気に、楽しそうに、幸せそうな顔で笑った——。


——髪が、短くなっていた。

背中まであった彼女の長い髪が——ショートヘアーになっていた。

ボブ、というんだろうか。

丸みを帯びた、かわいらしい髪型。

ピンクのインナーカラーが、これまでよりも軽やかにその表情を彩っている。

「嘘……だろ」

呆けたままで、俺はそうこぼしてしまう。

「ついさっきまで、ロングだったのに……」

そう――ついさっき。

一緒に有志ステージを見ているときは、ロングヘアーだったのに。

あれから今までの短い時間に、どうやって切ったんだ……？

「……ああ、模擬店！」

考えていて、思い出した。

「美容院の模擬店をやってたクラスがあったな！」

確か『サロン・アマヌマ』だったか。そんな名前で美容院をやっているクラスがあったはず。

二斗もちょっと興味を持ったようだったし、そこで切ったんだ……。

改めて、壇上のｎｉｔｏをじっと見る。

新鮮な、ショートヘアー姿の彼女……。

気付けば俺は、

「……すげえ似合うな」

そうこぼしていた。

「めちゃくちゃ、かわいい……」

ロングだって、もちろん似合っていた。

その長い髪が風になびくのに、何度胸が締め付けられたかわからない。

それでも――ショートヘアーのｎｉｔｏ。

軽やかでどこか理知的な、その髪型――。

それはとんでもなく彼女に似合っているような気がして。

これこそが、本来の二斗の姿のような気さえして……。

――俺は、改めて恋をする。

俺は、二斗が好きだ。

壇上で、笑顔を浮かべている彼女が好きなんだ――。

そんな感情が胸にあるのを、俺は今はっきりと感じていた。

それに、

「……そっか」

俺は、なんとなくその意図がわかった気がする。

「二斗……色々と、吹っ切れたのかもしれないな」

二斗は、ひたすら自分を縛り付けてきた。

音楽に、未来に、罪悪感に自分をがんじがらめにしてきた。

それでも、今の彼女は少しだけ自由に見える。

そこにある自分の運命を、どこか受け入れたようにさえ――。

なら……楽しみだ。

純粋に、彼女がどんな歌を歌うのか。今の彼女がどんなものを作り出すのか。

俺はそのことに、素直に期待している。

――考えるうちに、彼女はピアノの前に腰掛けた。

短い間のあと。大きく息を吸ってから――指を鍵盤に踊らせる。

複雑な和音が踊るように絡まり合い、一つの曲を紡いでいく。

リズムが跳ねて、旋律が舞って。

気付けば――二斗は立ち上がっていた。

我慢できなくなったように椅子から立ち上がり、楽しげに身体を揺らす彼女。

そして、マイクに顔を近づけ、大きく口を開けると――、

——歌い出した。

ｎｉｔｏが喉を震わせ、その声でメロディを紡ぎ始める。

体育館に満ちる、自由で楽しげな旋律。

顔に浮かんでいる、満面の笑み。

——そんな表情、初めてだった。

こんなに楽しそうに歌う二斗は、一度目の高校生活を含めても初めて。

もはや俺は釘付けで、彼女の生み出す歌、その世界しか目に入らない。

瞬きで銀河が弾ける。零れる汗が星になる。

景色がはっきりと色づいた。俺の中に、鮮やかな高揚が湧き上がる。

そして——その中で。自らが作り出した世界、受け手の熱気や音の渦の中心で。

ｎｉｔｏは楽しくて仕方がない、という表情で、無邪気に音と戯れていた——。

エピローグ｜epilogue

【冬のメッセージ】

「——集計が……」

言うと、俺は作業をしていたパソコンから顔を上げ、

「……終わりました」

どよめく有志ステージの出演者、スタッフの面々。

けれどその中心で——六曜先輩は。

この戦いの当事者だった彼は、腕を組み落ち着いた顔で俺を見ている。

碧天祭は、大盛況のうちに閉幕した。

体育館に集められクロージングセレモニーが終わったあと。

俺たちは再び区民センターに移動し、今日の戦いの結果を確認していた。

数字の集計を任されたのは、俺。

電算部が作ったサイト、配信メニューのユニークユーザー数と、文化祭実行委員がカウントした各ステージの入場者数を合計し……今俺の手元には勝敗の行方が、六曜先輩の未来が記された紙がある。

「どうだった？」

そんな俺に——六曜先輩は。

あくまで明るい声で、どこかこの状況を楽しむような声色で尋ねる。

「結果、教えてくれよ」

「はい……」

うなずいて、椅子から立ち上がる。

そして、俺は皆の方を向くと——、

「有志ステージ、入場者、配信閲覧者の合計は——」

そう言って、一瞬の間を置いてから、

「——五千二百八人でした」

おおお、と、周囲から驚きの声が上がった。

五千人越え。確かにこれは、予想を大きく上回る数字だ。

毎年の有志ステージ観覧者は、全体でも二百人にさえ届かなかったりする。

やり直し前の時間軸でも、千人に届かなかったほどだ。

もはや、これまでとは全く別のステージにすることができた、と言ってもいいのだろう。

いけるんじゃないか……という空気。

こちらに向けられる視線にも、はっきりと期待がこもる。

そして——、

「それで、メインステージは。入場者と配信閲覧者の合計は——」

俺はもう一度そう前置きし。

この戦いの結論を、皆に伝える——。

「――七千八百十一人でした」

有志ステージ――五千二百八人。
メインステージ――七千八百十一人。

敗北だった。
俺たち有志ステージの……敗北だった。
ｎｉｔｏの出演までは、やっぱりこちらが勝っていたんだ。
言い訳がましいけど、それが事実だ。
俺たちは彼らのステージ、パフォーマンスを圧倒し、より多くの観客を集めた。
実際、楽しんでもらえていたとも思う。
客席にいた観客たちの、楽しそうな顔、顔、顔。
彼らの中に今日のステージが、ずっと残り続けるんじゃないかと思える表情だった。
けれど――ｎｉｔｏ。
最後にステージに上がった、髪を切った彼女。
その演奏の、次元が違った。
これまで、俺は何度もｎｉｔｏのパフォーマンスを見てきたはずだった。

一度目の高校生活でも二度目の今も、間近でもネット越しでも色んな形で彼女の演奏を見守ってきた。

そして今回の演奏は——これまでのどの演奏とも大きく違うものだった。

明るく解放されたようなｎｉｔｏの表情。

伸びやかにメロディを紡ぐ彼女の声。

彼女は——変わった。

これまで自分を縛り付けた全てを捨て、自由になることができた。

弾けるようにピアノを弾き、踊るように歌う彼女。

その変化はネット上のリスナーたちにも大きな驚きを与え、あっという間にＳＮＳで話題になった。

『——ｎｉｔｏ、なんかいつもと全然違う！』

『——超楽しそうじゃん』

『——これ、本当にｎｉｔｏさんなんですか？』

『——この子、こんなにかわいかったんだな』

結果、碧天祭サイト内の配信メニューに人が殺到。

数字がそれまでの数倍に伸びた。

普段の動画サイト、万単位で人が集まる配信には及ばなかったけれど……今もＳＮＳ上はｎ

ｉｔｏの変化にざわついていて、アーカイブの動画はこれからも伸びていくんだろう。

だから——敗北。

俺たちの、負け。

「……」

「……」

「……」

全員が、呆然としていた。

自分たちは……届かなかった。

あれだけ一丸となって頑張ったのに、全力で戦ったのに、敵わなかった。

そのことを、未だにどう受け止めればいいのかわからない表情——。

——けれど、

「——ありがとう！」

そんな声が——体育館内に響いた。

「——みんな、精一杯戦ってくれて本当にありがとう！」

六曜先輩だった。

彼は俺たちに深々と頭を下げ――今日一番の熱のこもった声で、そう言う。

「だけど……ごめん！　負けたのは俺のせいだ！　俺の実力不足だ！　せっかく必死になってくれたのに、マジで申し訳ない！」

「そ、そんな……！」

最初に声を上げたのは。

六曜先輩に駆け寄ったのは、泣きそうな顔の吾妻先輩だった。

「六曜くんは、すごかったよ。わたし、本当に楽しかったし……」

「そうだよ、俺だって楽しかった」

「死ぬほどウケてたしな！」

彼の周囲に人が集まる。口々に、六曜先輩に感謝の言葉を伝える。

少しだけ、周囲の気配が緩んでいく。

この敗北を、少しずつ飲み込み始めた空気。

けれど……、

「……お父さんとの、約束は」

五十嵐さんが、ふいにそうこぼして。

「メインステージに勝つって約束は……果たせなかった、ってことになるんでしょうか」

もう一度辺りの空気が深く沈み込む。

そうだ——お父さんとの約束。

メインステージに勝てば、起業を認めてくれるというこの戦いの大前提。

それは、果たされなかった、ということになる……。

……そして、俺は思い出す。

碧天祭(へきてんさい)準備の始まった頃、二年半後の未来で見た六曜(ろくよう)先輩の姿。

あのときの彼は、今からは想像もつかないほどに覇気を失っていた。

自信も目標もやりたいこともなく、ただ無為に毎日を過ごしているようだった先輩。

また……あんな風になってしまうんだろうか。

あんな風に、六曜(ろくよう)先輩は希望を失ってしまうんだろうか……。


「……それが」

と。けれど六曜(ろくよう)先輩は、自信に満ちた笑みのままで、

「親父(おやじ)が、有志ステージを見に来てくれたみたいでさ」

「そう、だったんですか……」

「なんか、言ってたのかよ？」

「感動してた」

うれしそうに口元をほころばせて、六曜先輩は言う。

「春樹が仲間と、このステージを創り上げたのかって。正直、予想を全然超えてたってよ」

そして——彼は。

六曜先輩は、この場にいる一人一人の目を見ながら、

「起業を——許可するって」

誇らしげに声に力をこめ、俺たちに言った。

「結果がどうであっても、もうお前を止めないって——」

——歓声が上がった。

起業を、許可——。

ずっと欲しかった、皆が求めていたその結末。

確かに……ｎｉｔｏには届かなかったかもしれない。全力を出して、結果敗北した。

それでも、そういう未来が摑めたなら——。

六曜先輩に明るい未来が待っているなら、それで十分だと思う。

そして、口々に祝いの言葉が贈られる中で。

六曜先輩は、どこか照れくさそうに頬をかき、

「けど……まあ」

と、話を続けた。

「親父の言ってた通り……まずは、親父の会社で働こうと思った」

——え？　と。

周囲の全員が動きを止めた。

どうして？　許されたのに？

なんで……お父さんの会社に？

きょとんとする俺たちに、六曜先輩は頭をかきながら、

「なんつーか……死ぬ気でここまでやってきて、親父の言ってることもわかったんだよ。俺にはまだまだ足りないところや、わかってないことが山ほどある。それこそ、最初は一人で抱え込もうとして限界になっちまったし、もっと早くみんなに頼れてたらって後悔もある。親父の、自分の会社に入れって話は……」

言うと、六曜先輩は照れくさそうに笑い、

「……そういうのを勉強してから、起業すればいい、っていう提案だったんだな」

……確かに、そうなのかもしれない。

なにも、お父さんは頭ごなしに先輩の目標を否定したわけじゃないだろう。

親としての心配や、考えがあってそう提案した。

「だから……俺も、そうしてみたいと思った。まずは親父の会社で、仕事の基礎を学びたいなって。みんなすまん、手伝ってくれたのに、勝手で申し訳ねえ！」

もう一度、六曜先輩は深く頭を下げる。

「でもみんなのおかげで、沢山のことが勉強できた。この経験は、俺自身の将来を大きく変えてくれると思う。本当に本当にありがとう！」

そう言って――俺たちを見る先輩の目は。

全員に向けられたその瞳は……珍しく、涙で潤んでいるように見えた。

「だから今日のことが――みんなにとっても大切な思い出になったらと、俺は願ってる！」

＊＊＊

――みんなからの拍手が止む頃。

俺は――六曜春樹はあいつのところへ、坂本巡のところへ向かった。

「よう、お疲れ」

「……ああ、お疲れ様です」

顔を上げ、俺を見る巡。

目の下にはクマができ額には汗が浮かび、Tシャツはよれている。

本当に……頑張ってくれたな、こいつは。

俺と一緒に、碧天祭を全力で駆け抜けてくれた。

だから――、

「……起業したら、呼ぶから」

俺は、目の前の巡にそう言う。

「勉強し終えて、会社作ろうってなったらお前呼ぶから。もしよければ、一緒に働こうぜ」

「おー、マジですか」

へらっと笑って、巡は言う。

「俺、就職先ゲットしちゃった感じですか？」

「おう。まあ、失敗したら一緒に職を失うことになるけどな」

そんな軽口を言い合って、笑い合う。

あの雨の日以来――校庭で泥だらけで話して以来、俺たちの距離はグッと近づいたと思う。

「でも、いいんすか？　俺で」

軽い口調で、巡は俺に尋ねる。

「仕事、できるかどうかわかんないすよ？」

「いいんだよ」

俺は確信を持って、巡（めぐり）にうなずいてみせた。

そして――俺の気持ちを、感謝をこめてはっきりと口に出す。

「お前は俺の、相棒だからな――」

巡（めぐり）は驚いたように目を丸くしたあと。

なんだかくすぐったそうに、あははと笑った。

――五十メートル走に必死だったあの頃から、ずいぶん時間が経（た）った。

小学生だった俺は高校生になって、大人に近づいた。

あの頃の俺は、今でも少しは自分の中に残っているんだろうか。

全力で走ったあの日の俺は、俺を見ているだろうか。

だとしたら――そいつに向けて。あの日の俺に向けて、俺は教えてやりたいと思う。

――おい、見つけたぞ。

一人で頑張るよりも、もっと速く走る方法――。

エピローグ二 | epilogue2

【明日(あす)が始まる小惑星(アステロイド)】

――俺が警察署を訪れたのは、碧天祭が終わり未来に戻った次の日。

午前十時過ぎのことだった。

『二斗千華さんの失踪に関して、伺いたいことがあります』

と丁寧な連絡を受け、両親とともに都心近くの警察署へ向かった。

――この未来でも、二斗は結局失踪してしまったらしい。

六曜先輩との問題を解決しても、天文同好会を去ることがなくなっても。

彼女は俺たちの前から姿を消してしまう――。

……実を言うと、そのことは……少し予想済みだった。

二斗が俺に話してくれた『いなくなるべき理由』。

それはまだ確かに解決していないわけで、二斗にとって最大の問題は、今も彼女の前に立ちはだかっている――。

警察署に入り、一階のロビーで訪問の理由を告げる。

しばしお待ちくださいと言われ、手持ち無沙汰でスマホのニュースサイトを眺める。

失踪の報が流れてから、こちらの時間軸でもしばらく経っている。

今も見つからない彼女のことをマスコミは継続して取り上げていて、ファンの間でも動揺が収まらない状況らしい。

もちろん、彼女の残した手紙の内容は、以前よりずいぶん落ち着いていた。

『さようなら』

『もう東京には戻りません』

公開された文面からは、彼女が今もどこかで生きていることがはっきり感じられた。

それでも、彼女の音楽に心酔してきたファンからすれば、不安は消えないだろう。

ネットでは失踪理由の様々な予想が流れていて、根も葉もない妄想から現実味のある推測まで、無数の『ｎｉｔｏが消えた理由』が文字列や動画になって増殖し続けていた。

「――お待たせしました」

建物の奥から、若いスーツの男性が現れた。

どうやら、俺たちを案内してくれるらしい。

彼に続いてエレベーターに乗り、応接室のような部屋に通された。

「すみません、遠くにわざわざ来ていただいて……」

どこか閉塞感のある、無愛想なその部屋で。

きいきい言う椅子に腰掛け、俺を待っていたのは中年男性だった。

話によると、彼が行方不明になったｎｉｔｏの捜索を取り仕切っているとのこと。

有名人ということもあって慎重に、なおかつ大規模に彼女を探している最中とのことだった。

「それで……」

と、彼は何枚かの紙を取り出した。

何かがコピーされているらしい、Ａ４の用紙。

「二斗(にと)さんの残した手紙に、あなたの名前がありまして……」

「……そうですか」

実は、それも予想していたことだった。

卒業式の日、流れていたニュースの文言(もんごん)を思い出す。

プレスリリースによりますと、20日に都内でリハーサルがあったのを最後にｎｉｔｏさんとの連絡が取れなくなり、一人暮らしの自宅を訪ねたところ知人に宛てたと見られる手紙が残されていたとのことでした。

――知人に宛てた手紙。

これはきっと――俺のことだ。

今の俺なら、理解できる。彼女は、俺に手紙を書いて失踪してしまった。

「……読んでみて、いただけますか？」

慎重な声色(こわいろ)で、彼は俺に言う。

「思い当たるところがあれば、お話しいただけると助かるのですが……」

「……わかりました」

覚悟を決めて、俺はうなずく。

二斗が俺に宛てて残した手紙。それは間違いなく、俺が読むべきだろう。

「ありがとうございます。では、お願いします……」

そう言って、男性はそのコピー用紙を俺に手渡した。

大きく息を吸い込むと、俺はその文面にゆっくりと目を落とす。


――そこには、二斗の字で俺への謝罪が書かれていた。


『――巡は、本当はすごい人なの』

『――わたしと関わる前は、そうだった』

『――天文学でね、色々結果を出して。大学もその道に進んで』

『――わたしといると、あなたはその道をあきらめてしまう』

『――きっと、わたしがあなたを変えてしまった』

『――だから、さようなら』

『――ごめんなさい』

「……なるほど」

全てを読み終え、俺は深く息を吐き出した。

「そうか、そういうことですか……」

……思っていた通りの内容だった。

俺はきっと、彼女の経験したどこかのループでは、天文学に打ち込んでいたんだろう。二斗(にと)の天才性に惑わされることも、友人たちと楽しく日々を過ごすこともなく……ストイックに自分の未来のための努力を重ねた。

そして——何かしら、大きな結果を出した。

ただ、二斗(にと)が近づくとそんな未来が壊れてしまう。

俺は何かの形で、上手(うま)くいかない結末を迎えてしまう。

責任を感じた二斗(にと)は、俺の前から消えるため、全ての活動をやめて姿を消してしまう。

「なるほど……」

——その事実を呑(の)み込んで。

彼女の失踪の理由を目の当(まあ)たりにして——。

俺は、自分が時間移動で『本当にやるべきこと』を理解した。

「そうか、つまり俺は……」

目の前にある紙数枚。

そこに書かれた二斗(にと)の字をじっと見つめながら――、

「――小惑星(ほし)を見つければ、いいんだな」

小さく、そうつぶやいたのだった――。

――時間移動の結末が。

俺たちのやり直しの終着点が、少しずつ近づいている――。

楽しかったー。

今回、文化祭回ですしね。賑やかで楽しい巻にもしたかったから、すごくキャラたちに助けられました。


そうそう、それから僕の作品にありがちなことなんですが、作中で扱われている様々な事柄が、僕自身の生き方に大きく関わっている部分があります。

二斗の悩みも坂本の後悔も、真琴の寂しさも。全部、僕自身の人生の破片でできている感覚がある。

中でもこの巻で言えば、六曜の抱えているものですね。それと同じものが、結構僕の中でのテーマとしてあるというか。もっと言えば……この『はだこい』というシリーズ自体が、六曜が見つけた道と同じものを、探そうという試みだったりもします。

だからどこかで、彼の七転八倒は他人事ではない。

彼が見つけたように、僕もこの先の道を見つけていければいいなと思います。

読者の中にも、そんな風に思ってくれる人がいれば。六曜だけに限らず、「自分もこういうところあるな」と思ってもらえるようなキャラを見つけてもらえれば、これ以上うれしいことはありません。そんな気持ちが、一層強くなった三巻でした。


あとそう!　今巻で大事なのは、二斗さんの最後の『ある変化』ですね!

読んでくれた人、びっくりしたのでは?

岬の作品でメインヒロインということは、こういうことになるんですよ……(ほくそ笑み)

まだお読みでない方は、何が起きるのかどうぞお楽しみに。

僕自身、この展開は作家になって初めてチャレンジしてみました。


さて、『はだこい』もそろそろシリーズの大きな山場にさしかかりつつあります。

現段階で、シリーズ開始時に想定していたラストまではきちんと書かせていただけそうな雰囲気なので、これからも楽しみにしていただけると幸いです。

それから、MF文庫Jにて、新作も発売されています。

『午後4時。透明、ときどき声優』という、声優さんを題材とした作品です。

たくさん取材をして、一杯勉強をして役者さんについて書きました。超自信作なので、是非是非皆さん手に取ってみて下さい。こちらも本当にいいものになったから!


ということで、また次の作品でお会いしましょう!　さらばだ!

岬　鷺宮

あした、裸足でこい。3 あとがき

基本的に、出版された自作全てに一定以上の自信があります。

どれも胸を張って、皆さんに「読んで!」と言えるものにできていると思う。

もちろん、現実には調子よく書けたものとそうじゃないもの、売り上げが多いものそうじゃないもの色々あります。今見ると「技術的には未熟だな」と思う作品もある。

それでも、少なくとも僕自身は全力を尽くした。そのとき自分できることはやりきったし、きっと楽しんでもらえるはずと信じて、いつも本を出しています。

それを踏まえて……この『あした、裸足でこい。3』。

これがどうだったかというと……正直、これまでで一番、胸を張って出せるものになったかもしれない。めちゃくちゃ『理想としていたもの』が書けたなという実感があります。

ずっと描きたかった男子同士の友情や、人のタイプの違いの話。才能のある人間に凡人が食らい付く姿。そういうものを、二斗や坂本の力を借りながら、目指していた形で表現できたなと。

だからまあ、素直な今の心境を言うと、

ああああ———!!　よかった!!!

この感じで書けてほんとによかったあああああああ!

シリーズはじめた段階から、ここが一つ大きなポイントだと思ってたんですよね。

この三巻を、本当に満足いく形で描くことができるのか。

シリーズ全体のクオリティとして見ても、僕という一人の作家としても、それがとても大事な試金石な気がしていました。

その一冊をこういう風に仕上げられたことに、心底ほっとしています。

これも、応援下さった皆さんのおかげです……。

本当に本当にありがとう。正直、担当編集にもめちゃくちゃほめられました……。

あと、今巻を書いていて面白かったのが、これまで以上にキャラが勝手に動きまくってくれたことですね。

萌寧は勝手に怖いこと言い始めるし、二斗は勝手にかぶり物する。

新キャラの吾妻きらら先輩に至っては、プロット段階では全くなかった大暴れをかましてくれました。予想外にお気に入りのキャラになりましたし、イラストがつくまでになってくれました。超

本書に対するご意見、ご感想をお寄せください。

ファンレターあて先
〒 102-8177　東京都千代田区富士見 2-13-3
電撃文庫編集部
「岬　鷺宮先生」係
「Hiten先生」係

本書は書き下ろしです。

電撃文庫

あした、裸足でこい。3

みさき さぎのみや
岬 鷺宮

2023年7月10日　初版発行

発行者　山下直久
発行　株式会社KADOKAWA
〒102-8177　東京都千代田区富士見2-13-3
0570-002-301（ナビダイヤル）
装丁者　荻窪裕司（META＋MANIERA）
印刷　株式会社暁印刷
製本　株式会社暁印刷

●お問い合わせ
https://www.kadokawa.co.jp/（「お問い合わせ」へお進みください）
※内容によっては、お答えできない場合があります。
※サポートは日本国内のみとさせていただきます。
※ Japanese text only

※定価はカバーに表示してあります。

ISBN978-4-04-915014-8　C0193　Printed in Japan

電撃文庫　https://dengekibunko.jp/

電撃文庫創刊に際して

文庫は、我が国にとどまらず、世界の書籍の流れのなかで〝小さな巨人〟としての地位を築いてきた。古今東西の名著を、廉価で手に入りやすい形で提供してきたからこそ、人は文庫を自分の師として、また青春の想い出として、語りついできたのである。

その源を、文化的にはドイツのレクラム文庫に求めるにせよ、規模の上でイギリスのペンギンブックスに求めるにせよ、いま文庫は知識人の層の多様化に従って、ますますその意義を大きくしていると言ってよい。

文庫出版の意味するものは、激動の現代のみならず将来にわたって、大きくなることはあっても、小さくなることはないだろう。

「電撃文庫」は、そのように多様化した対象に応え、歴史に耐えうる作品を収録するのはもちろん、新しい世紀を迎えるにあたって、既成の枠をこえる新鮮で強烈なアイ・オープナーたりたい。

その特異さ故に、この存在は、かつて文庫がはじめて出版世界に登場したときと、同じ戸惑いを読書人に与えるかもしれない。

しかし、〈Changing Times,Changing Publishing〉時代は変わって、出版も変わる。時を重ねるなかで、精神の糧として、心の一隅を占めるものとして、次なる文化の担い手の若者たちに確かな評価を得られると信じて、ここに「電撃文庫」を出版する。

1993年6月10日
角川歴彦